대구,
어디까지 가봤니?

■ **지도교사_라민지 · 여은정**

2011년 신명고등학교 책쓰기 동아리 꿈뜨락애(愛) 지도교사.
1년 동안 많은 일을 겪어 이젠 눈빛만 봐도 통하는 사이.
언제나 멋지고 당당한 교사로 거듭나기 위해 늘 노력 중.

대구, 어디까지 가봤니?

초판 1쇄 인쇄_ 2012년 6월 11일 | **초판 1쇄 발행_** 2012년 6월 15일
지은이_김지원, 김지현 | **펴낸이_**진성옥 · 오광수 | **펴낸곳_**꿈과희망
디자인 · 편집_김창숙, 박희진 | **마케팅_**김진용
주소_서울특별시 용산구 갈월동 101-49 고려에이트리움 713
전화_02)2681-2832 | **팩스_**02)943-0935 | **출판등록_**제1-3077호
http://www.dreamnhope.com| **e-mail_** jinsungok@empal.com
ISBN_978-89-94648-27-9 43810
※ 책 값은 뒤표지에 있습니다.

학생저자 10만 양성을 위한 대구광역시 교육청 책쓰기 프로젝트

당신이 몰랐던, 대구의 가볼 만한 곳

대구, 어디까지 가봤니?

김지원 | 김지현 지음

꿈과 희망

　책쓰기 동아리에 들어와 '대구의 여러 유적지를 통해 대구의 아름다움을 알리기'라는 주제를 정했을 때만 해도 '책쓰기, 글만 부지런히 쓰면 되는 것 아닌가' 하는 생각을 가지고 있었다. 그러나 내용을 쓰기 전 조사부터도 쉽지 않았다. 어떤 자료를 어느 내용에 넣어야 할지, 어떤 자료가 대구를 알리는 데 더 유용할지 정하는 것도 많은 고민이 필요했고, 생각만큼 자료가 많지 않아 막막했던 적도 있었다.

　맨 처음 목차 '1. 고종황제가 커피 마시던 시절 – 대구 근대사 이야기 ①'은 책을 함께 쓴 지현이와 함께 중구청의 골목투어 프로그램에 참여해 조사를 했었다. 여름 방학 때 갔었는데 그날 날씨가 너무 더워 땀을 비 오듯 흘리며 걸어 다니고 사진 찍던 기억이 난다. 더운 날씨 탓에 많이 힘들었지만, 학교 주변에 있지만 가보지 못했던 명소들을 다니며 많은 것을 배웠는데, 이렇게 가까운 곳에 명소들을 두고 방문한 적이 없었다는 사실에 조금 부끄럽기도 했었다.

　　방학 내내 자료 조사를 하고 2학기 들어서까지 글을 쓰며 나름 대로 바쁜 시간을 보냈었다. 평일에는 밤 늦게 학교에서 돌아와 피곤한 몸을 이끌고 조금씩 글을 썼고, 주말에는 최대한 많은 글을 쓰기 위해 다른 볼일을 보는 시간을 제외하고는 계속 컴퓨터 앞에 앉아 책을 쓰며 이 책을 위해 많은 시간을 쓰고 많은 노력을 기울였었다. 처음으로 써보는 책이라 조금 서툰 부분도 많겠지만 나도 지현이도 많은 시가늘 할애해 가며 열심히 쓴 책이니 재미있게 봐주시길 바란다.

p.s 우리의 채 출판을 위해 애써주신 라민지 선생님, 우리 글을 읽어보시고 의견까지 덧붙여 주신 여은정 선생님, 마지막으로 책 표지를 만들어준 내 아우 지현이. 모두 모두 감사합니다~!!

김지원

　대구에서만 12년 정도 살아온 나는 어릴 때 자주 찾는 곳이 달성공원이나 두류공원 정도였었다. 그래서 문화재가 모여 있는 경주처럼 대구에도 가볼 만한 곳이 없을까 라는 생각을 하게 되었다. 인터넷에서도 찾아보고 직접 생각도 해보면서 대구 사람이라면 가볼 만한 곳과 다른 지방에서 살다가 대구에 놀러 온 사람들이 가볼 만한 곳이 많은 것을 알게 되었다. 골목 쪽으로 관련된 곳들은 직접 돌아다녀 보기도 하고 당장 갈 수 없는 곳들은 여러 사람들의 이야기가 담긴 블로그를 찾아보고 어릴 때 경험을 떠올려 보기도 했다.

　하지만 처음 글을 쓰는 나는 첫 시작을 어떻게 해야 할지 망설이고 걱정했었다. 내 경험과 생각을 정리하기도 쉽지 않았고 '어떻게 재미있게 쓸 수 있을까' 라는 생각으로 머리 속은 복잡하기만 했다. 그래도 힘들게 한 글자 한 글자 써내려 갈수록 뿌듯하고 기뻤다. 글을 쓰면서 다시 읽어보고 같이 글을 쓰는 지원이와 다 쓴

글을 교환하여 수정도 해보니 점점 글을 쓰는데 속도도 붙었고 서로의 글을 칭찬해 주며 착한 일을 한 후 엄마에게 칭찬받아 기뻐하는 아이처럼 싱글벙글하기도 했었다.

글을 쓰고 완성까지 해보니 항상 책을 읽을 때 책 내용이 재미있는지 없는지, 내 시선을 충분히 끌고 쉽게 집중할 수 있는 책인지만 생각했었는데, 직접 책을 쓰고 제작해 보니 이젠 작가의 심정을 잘 이해할 수 있게 되었다.

그럼 이만 프롤로그를 맺으며,
대구 속으로 출발!

김지현

차례 · 대구, 어디까지 가봤니?

차례 · 대구, 어디까지 가봤니?

고종 황제가 커피 마시던 시절

– 대구 근대사 이야기 ①

중구청 골목투어를 다녀와서

동산 선교사 주택 – 청라언덕

대구에도 경주처럼 가볼 만한 곳
이 많은지 궁금해서 대구 중구청 홈페이지에 들어가게 되었다. 홈
페이지를 둘러보다가 우연히 골목투어 프로그램을 찾게 되었다.
좋은 경험이 될 것 같아서 지원이와 함께 골목투어 제 2코스를 신
청했다.

제 2코스 투어코스는 동산 선교사주택 → 3·1만세운동길 → 계산성당 → 이상화, 서상돈고택 → 성밖 골목 → 제일교회 → 진 골목 → 화교협회 → 대구 근대 역사관으로, 신기하게도 모두 우리 학교인 신명고등학교 주변에 있었다.

옛 대구읍성 남서쪽에 동산이라는 언덕이 있었는데, 이 언덕에 100여 년 전 미국 선교사들이 들어와 학교를 짓고 병원을 세웠다. 그 학교가 대구 최초의 여자학교인 신명학교이고, 병원은 지금도 대구에서 가장 유명한 동산병원이다.

사과 향기가 퍼지던 동산 선교사주택

골목투어의 첫 번째 도착지인 청라언덕 위 동산 선교사주택!
하지만 아쉽게도 그날은 동산 선교사주택이 공사 중이어서 안에 들어가 보지는 못하였다. 이곳은 배경이 너무나도 예뻐 요즘엔

자연에 둘러싸인 선교사주택

웨딩사진 촬영지로 인기가 높고 〈모던 보이〉, 〈5월의 신부〉 등 영화 촬영지로도 많이 쓰였다고 한다.

언덕 곳곳에는 당시 선교사들이

심은 72그루의 사
과나무가 있는데,
지금은 약 100년이
넘은 사과나무도
있다. 대구의 명물
사과는 이 언덕이
고향인 셈이다.

은혜를 베푼 선교사님들의 은혜정원 무덤

지금은 교육, 역
사, 의료 박물관 등
으로 쓰이고 있는 동산 선교사주택은 1989년 6월 15일 대구광역
시 유형문화재 제25호로 지정되었다. 이곳은 스윗즈 주택과 거의
같은 시기에 선교사들이 라이너 선교사가 살도록 지은 주택이다.

내부 구조는 1층은 서쪽 중앙에 있는 주 출입구에서 계단실이
있는 홀과 연결되고, 이 홀을 중심으로 거실, 서재, 식당, 부엌 등
이 있다. 2층에는 계단실을 중심으로 남쪽과 서쪽에 침실이 있다
고 한다. 공사 때문에 체험하지 못한 내부는 나중에 기회가 되면
꼭 들어가 보고 싶다. 밖에서 살짝 안을 들여다봤는데 정말 아름
다웠다.

바깥에서 본 동산 선교사주택은 2층집이라서 아담하고도 근사
했다. 그리고 많은 나무들과 풀이 있고 앉아서 쉴 수 있는 벤치도
있어서 혼자 앉아 독서를 하면 괜찮을 것 같다는 생각이 들기도
했다.

선교사주택의 특이한 점은 지붕은 기와로, 벽면은 붉은 벽돌로

되어 있으며 굴뚝 두 개가 세워져 있었다. 신비로운 느낌이 들지만 우리나라의 기와 때문인지 정겨운 느낌도 들었다.

주택 아래로 내려오면 은혜정원이라는 선교사들의 무덤이 있다. 자신보다는 다른 사람들을 위해 낯선 땅 조선에서 의술을 하고 선교를 하며 평생을 바친 선교사들의 무덤을 보니 고개가 절로 숙여졌다. 이곳에는 선교사이자 우리 학교의 설립자이신 Martha Scott Bruen, 계성학교의 설립자이신 Reiner 두 분의 무덤도 있다.

마르다 S. 브루엔 (Martha Scott Bruen)

1857년 4월 10일 미국 펜실베니아에서 출생했다. 1902년 2월 14일 헨리 M. 브루엔 선교사와 결혼을 했다. 그리고 여러 나라를 돌다가 대구에 왔는데 남편을 진심으로 사랑해서 남편을 어떤 방법으로라도 돕고 싶어서 대구에 왔다고 한다.

마르다 S. 브루엔은 1902년 5월 10일에 제일교회 앞 구내초가에서 소녀들을 위한 신명여자소학교를 세워서 최초 여성교육의 선구자가 되었다. 마르다 S. 브루엔 선교사의 교육이념은 현재 우리 학교의 교훈인 '하나님을 영화롭게 하라' 였다. 교장으로서 학생들이 학교에 나오지 않을까 걱정하다가 계절마다 선물로 간식을 나눠주면 좋겠다고 생각하여 그것을 실천하며 학생들의 흥미

를 이끌어냈다. 봄에는
복숭아, 살구, 여름엔 미
국산 귤, 아이스크림, 가
을엔 사과, 밤, 겨울에는
크리스마스 선물을 나누
어주었다. 이러한 노력
끝에 신명여자소학교는
1907년 10월 23일 신명여자중학교로 발전하게 되었다. 마르다 S.
브루엔은 28년간 공직 생활을 하다가 유방암으로 세브란스 병원
에 입원 중 1930년 10월 20일 55세의 나이에 돌아가셨다.

라이너 (Reiner)

계성학교 제 2대 교장이었던 라이너 선교사는 미국에 있던 맥퍼
슨(McPherson)에게 자금 지원을 받아 1913년 9월에 계성학교를 건
립하였다. 설계는 라이너 선교사와 맥퍼슨이 함께하고, 건축공사
는 중국인 벽돌공과 일본인 목수들이 담당하였다고 한다.

계성중학교를 졸업한 후 신명고등학교를 다니고 있는 나는 다
른 사람을 위한 선교활동을 하신 두 분을 존경한다.

순수한 짝사랑의 이야기가 숨겨져 있는 청라언덕

〈동무생각〉

작곡 – 박태준

작사 – 이은상

봄의 교향악이 울려 퍼지는 청라 언덕 위에 백합 필 적에
나는 흰 나리 꽃 향내 맡으며 너를 위해 노래 노래 부른다
청라 언덕과 같은 내 맘에 백합 같은 내 동무야
네가 내게서 피어날 적에 모든 슬픔이 사라진다

박태준 선생님께서 계성학교 재학시절 음악에 관심을 갖기 시작하였는데 그때 박태준 선생님께서는 신명여자고등학교에 짝사랑하였던 여학생이 있었다. 선생님은 내성적인 성격 때문에 말도 한번 걸어보지 못하고 등하교 길에서 마주치는 모습만을 바라보

박태준 선생님의 진심어린 마음이 담겨 있는 노래를 새긴 비석

앗다. 그 여학생은 졸업 후 일본으로 유학을 가버렸다고 한다.

계성학교를 졸업한 후, 숭실대학교에서 음악을 전공하고 마산의 창신학교에서 교사로 다니며 시조시인 노산 이은상선생님과 친분을 쌓으셨는데, 짝사랑했던 여학생의 이야기를 들은 노산 선생님이 써준 시로 인해 탄생한 곡이 바로 '동무생각'이다. 여기에 짝사랑을 잃은 선생님의 마음을 선생님께서 살던 동네로 표현하여 '청라언덕'이라는 가사가 생기게 되었다고 한다.

중학교 음악시간에 배웠던 노래에 이런 이야기가 담겼는지 몰랐었는데 사연을 듣고 노래를 다시 접하게 되니 그때 당시 박태준 선생님의 진심어린 사랑이 느껴지는 듯하다.

– 김지현

보잘 것 없는 좁은 계단에서
학생들의 외침이 들리는 3 · 1운동길

3 · 1운동길 – 99계단

동산 선교사주택을 지나서 내려오면 3 · 1운동길이 보인다. 일제의 침략과 수탈에서 벗어나기 위해 온몸을 던진 계성학교, 신명학교, 성서학당, 대구고보 학생들이 사진에 나온 길을 통과해 계단으로 내려가며 3 · 1운동에 참여했다고 한다.

나라를 지키기 위해 학생들이 달려갔던 길.
저절로 숙연해진다.

3·1운동길을 따라 끝까지 걸어가면 좁은 골목에 나지막한 계단이 층층이 있다. 인근 학교 학생들이 뛰쳐나와 대한 독립 만세를 부르며 내려갔던 3·1운동 계단이다. 상처가 가득한 3·1운동 계단이 시간이 지나도 그대로 있다는 것이 신기했었다. 시간이 지나면 계단이 부서지거나 벽이 허물어질 확률이 높지만 이 계단은 학생들의 혼이 담겨 있는 듯이 단단하게만 느껴졌다. 3·1운동을 했던 학생들의 나라에 대한 사랑이 커서 약해진 이 계단을 붙잡고 무너지지 않게 해주는 것은 아닐까 하는 생각도 들었다.

　　아래 사진은 3·1운동 계단의 왼쪽 벽에 붙어 있는 사진들이다. 오른쪽에도 많은 사진들이 있었다. 나는 3·1운동 때의 상황이 얼마나 급박했는지에 대해 잘 모른다. 하지만 이 많은 사진들 덕분에 여러 가지를 알 수 있었다.

3·1운동계단 왼쪽 벽에 붙어 있는 우리의 역사

대구고보의 교장은 일본인이었다. 교사들 중에서도 일본인이 많았는데 전교생 약 200여 명이 학교를 뛰쳐나와 3·1운동에 참여했다. 하지만 그 결과는 참담했다. 3·1운동에 참여한 학생들 거의 대부분은 징역 6개월에서 1년의 선고를 받았다. 신명학교는 3·1운동에 교사와 학생들 40여 명이 참가했으며 학생들은 약 2주간의 감옥 생활을 한 뒤 훈방되었다. 계성학교는 대구 최초의 미국 선교사인 아담스 목사가 자신의 집으로 사용하던 곳에서 계성학교 학생들과 함께 건물 지하실에서 독립선언문을 종이에 베껴 옮겼다. 자신들을 희생하면서까지 나라를 구하려고 했던 대구고보, 신명학교, 계성학교 학생들의 용기가 대단하다.

여기에는 2003년 2월 28일에, 만세운동에 참가했던 계성고, 신명여고, 경북고(대구고보), 제일교회, 남산교회, 서문교회가 중심이 되어서 3·1운동을 재연했던 사진도 있었는데 많은 사람들이 학생들을 추모하기 위해 재연한 것 같다. 재연한 사진을 보니 한걸음 더 역사 속으로 들어가는 듯했다.

내 눈길을 사로잡은 한 사진이 있었는데 그것은 신명학교 제 10회 졸업생 김학진 할머니의 생생한 이야기를 담은 글과 함께 6회 졸업생의 사진이 있었다.

「내가 겪은 3·1운동」

하루는 상급생 언니들이 말하기를 우리가 공부하는 것도 중요하지만 더욱더 중요한 것은 일제의 압제 밑에 있는 우리나라가 독립하는 것이 급선무인데 우리도 이 운동에 나가서 동참해야 한다고 말해 주었다.

그 말을 듣는 우리들의 마음에 뜨거운 열성이 불 붓기 시작하였다. 그후부터는 기숙사 이 방 저 방을 쫓아다니면서 태극기 만들기와 그날에 입고 나갈 의복 준비에 여념이 없었다.

그때 우리 학교 학생들의 검정치마에 흰 저고리가 교복같이 되어 있었다. 그런데 치마에 옛날에 입던 끈이 달린 치마허리는 따내버리고 반드시 조끼허리를 만들어 치마에 달아 준비하라는 특별지시를 받았다. 이유는 그날에 나가서 만세를 부르면서 달리며 뛰어가는데 안전하기도 하려니와 특별히 일경들에게 체포당하면 어떤 악형과 모욕을 당할지 모르니 꼭 조끼를 만들어 치마에 달아 입으라는 부탁

우리나라를 일제의 힘에서 벗어나게 도와주신 많은 분들 중 한 분의 글

이었다. 그리고 태극기를 크게 만들어 의복 속 가슴에 매라는 것이었다. 그때부터 여학생들의 치마가 조끼허리로 변하여진 것이다.

이 글에 담긴 김학진 할머니의 3·1운동 때에 있었던 이야기는 소름이 돋을 만큼 생생하게 다가왔다.
3·1운동길 입구, 독립유공자들의 이름이 새겨져 있는 곳에 3·1절 노래가 적혀 있다.

삼일절노래

기미년 삼월 일일 정오
터지자 밀물 같은 대한독립 만세
태극기 곳곳마다 삼천만이 하나로
이 날은 우리의 의요 생명이요 교훈이다
한강물 다시 흐르고 백두산 높았다
선열아 이 나라를 보소서
동포야 이 날을 길이 빛내자.

이 삼일절노래는 황금빛 배경 위에 새겨져 있다. 황금빛 배경에 어울릴 만한 가사이다. 나라를 위해 희생하신 분들의 마음은 물론 황금빛보다 더욱 빛나겠지만, 굳이 그 빛나는 마음을 색으로 표현한다면 아마 황금빛이 아닐까싶다.
아직 어리다고 할 수 있는 고등학생들이 목숨을 바쳐 뛰어나가던 3·1운동길, 나라에 대한 걱정이 너무나도 커서 비좁은 것쯤은 신경 쓰지도 않고 내려갔었을 듯한 90계단, 위의 노래가사를 목이 터져라 외치며 달려갔을 학생들 덕분에 이렇게 편하게 살고 있는데 그 고마움을 잊어버리고 산 듯했다. 이 글을 쓰며 다시 한 번 깨닫게 되었다. 3·1운동에 참여했던 모든 분들을 존경한다.

– 김지현

신부님들의 자유로운
포교활동의 꿈이 담겨 있던 계산성당

천주교는 19세기 초에 대구에 전해졌다. 하지만 계속되는 천주교 박해로 인해 초반에는 자유롭게 포교되지도 못하였고 모이기도 힘들었다. 그래서 도시가 아닌 산간벽지에 모였다. 하지만 1886년 '조프조약(조불수호통상조약)'을

하늘을 찌를 듯한 모습의 계산성당

계기로 천주교의 본격적인 활동이 시작되었다.

산나무골에 은신하며 포교활동을 펼치던 로베르 신부가 도시로 내려와 활동을 하며 세운 교회가 바로 이 계산성당이다. 처음에는 한식 기와집으로 지었지만 화재로 인해 소실되었고 1902년 지금 이 모습으로 재건축되었다고 한다.

영남 최초의 고딕 성당인 계산성당의 앞쪽에 위치한, 십자가에 걸려 있는 하나님의 동상은 계산성당의 중심에 위치해서 꼭 하나님이 이 계산성당을 지키고 계시는 듯한 느낌을 받았다. 제일 눈길을 사로잡은 것은 양쪽으로 솟은 높은 첨탑, 번개가 친다면 그 기둥의 끝인 십자가에 모일 듯이 높게 뻗어 있었다.

제일교회와 마주보고 있는 계산성당. 서로 비슷한 모양인 두 건물. 제일교회는 하얀색 바탕이며, 계산성당은 붉은색 바탕이다. 이 두 건물을 동시에 보고 있으면 느낌이 묘했다. 꼭 쌍둥이를 보는 듯한 느낌이 든다.

전체적인 계산성당의 분위기는 '멋지다', '아름답다' 이 정도의

표현만으로는 부족한 고풍스러운 분위기를 내뿜고 있었다. 어떤 분은 계산성당을 보고 '마치 현실의 시간에서 벗어나 과거의 시간으로 회귀한 느낌이 들고 주위의 시끄러운 도시의 소음도 이곳에서는 차단이 되는 듯 그렇게 과거의 시간 속에 묻혀 있는 것 같은 기분이 든다' 라고 표현하였다. 아름다운 표현이면서도 공감이 가는 말이다.

두 손 모아 간절히 기도를 올리다

조심스럽게 들어간 계산성당의 내부 모습은 정말 아름다웠다. 천장이 둥그렇게 되어 있어서 기도하는 사람들의 마음을 편안하게 해주고 침대처럼 포근한 느낌도 주었다. 이 아름다운 곳은 우리 역사에 큰 영향력을 미쳤던 두 인물과 관계가 깊다. 김수환 추기경이 처음으로 사제 서품을 받았던 곳이며, 그리고 박정희 전

조용히 들어가다가 고개를 들어 본 웅장한 모습의 계산성당

대통령이 결혼식을 올렸던 곳이다. 주례를 맡았던 초대 대구 시장이 '신랑 육영수군과 신부 박정희양은…' 이라고 말해 결혼식장을 웃음바다로 만들었다는 이야기도 있다.

성당 안으로 은은하게 햇볕을 던져주는 고딕 양식의 특징 중 하나인 스테인드글라스에는 12사도의 모습이 있으며, 함께 갓을 쓰거나 사모관대를 한 성인들은 서상돈, 김종학, 정규옥 등 초기 대구천주교 신자들의 모습이 표현되어 있다. 한복을 입은 모습을 보면 처음에는 이 성당 안의 분위기와 어울리지 않는다고 느낄 수도 있다. 하지만 계속 바라보니 느낌이 새로우면서도 낯설지 않았다. 스테인드글라스는 성당 안의 분위기를 더욱 고조시키는데 신비로운 느낌까지 들었다. 또한 성당 안의 일방통행으로 쭉 뻗은 모습은 흐트러진 마음을 바로잡아 주었다. 새로운 마음으로 밖으로 나와 더운 몸을 잠시 식히면서 벤치에 앉았다. 그 뒤에는 한 그루의 큰 나무가 있었는데, 그 나무가 바로 '이인성 나무' 라고 한다.

자연의 색채를 사랑한 이인성 화가

　이인성은 1912년 8월 28일 대구시 북내동 16번지에서 4남 1녀 중 차남으로 태어났으며, 수창초등학교를 졸업했다. 그후 1928년부터 1944년까지 16년 동안 한 차례도 거르지 않고 조선미술전람회에 출품하였고, 14회 전람회에서는 '경주의 산곡에서'로 최고상인 창덕궁상을 수상하기도 하였다. 이 작품은 또한 1998년 모미술전문 잡지사가 우리나라의 대표적인 평론가 13명을 대상으로 '한국근대유화 베스트 10'을 조사한 결과 1위로 선정되었으며, 작가 인기도 조사에서도 1위를 차지하였다. 대구시는 대구를 빛낸 그의 공적을 기리기 위해 '이인성 미술상'을 제정하여 해마다 그해의 가장 우수한 화가를 선정하여 시상하고 있다.

　100년이나 된 이 감나무가 '이인성 나무'가 된 이유는 이인성이

이인성 화가의 작품

1930년대에 그린 '계산동 성당'의 배경이 된 나무 중 한 그루이기 때문이라고 한다. 실제로 보면 높이 솟아 있어서 골목투어를 갔을 때 너무 강렬한 햇빛 때문에 눈이 아파서 제대로 보지 못하였지만 벤치에 앉아서 이 나무를 구경하면 지루하지 않을 것 같다. 이 나무는 이 자리에서 100여 년이라는 시간 동안 얼마나 많은 것을 보았을까 싶은 생각도 들었다.

아름다운 경험이었다. 매일 낮 12시, 저녁 6시마다 계산성당의 종소리를 들으며 수업을 하는데, 계산성당에 대해 더 자세하게 알게 된 지금은 성당의 종소리가 더욱 반갑게 들릴 것 같다.

– 김지현

저항 정신이 담긴 두 고택 –
이상화 시인 고택과 서상돈 고택

빼앗긴 들을 되찾기 위한 치열한 저항 – 이상화 시인 고택

뜨거운 태양이 내리쬐는 아래, 계산성당에서 나와 이상화 시인의 고택으로 향했다. 고택으로 향하는 인도에는 이상화 시인의 대표작 '빼앗긴 들에도 봄은 오는가'의 첫 부분이 새겨져 있다. 이 시는 인도 옆 벽에 새겨진 태극기, 이상화 시인의 초상과 함께 어우러지면서 핍박받던 일제의 상황을 다시 한 번 되돌아보게 한다.

고택으로 가는 골목 입구의 한쪽 벽에는 까만 중절모에 자켓을 걸친 남자가 주머니에 손을 꽂은 채 분위기 있게 서 있고, 그의 뒤로는 큰 성당과 함께 초가집과 근대적 건물들이 한데 어우러진 모습이 그려져 있다. 이상화 시인과 일제 강점기 당시 대구의 모습을 나타낸 벽화이다. 골목 안으로 조금 더 들어가면 이상화 시인의 대표시 '빼앗긴 들에도 봄은 오는가'가 하얀 벽에 적혀 있다. 하얀 벽에 길게 적혀진 시와 벽 밑으로 푸르게 난 풀이 벽화의 일부인 것처럼 조화를 이룬다.

골목 끝에 다다르자 탁 트인 공간이 보이고 옆에는 이상화 시인의 고택이 있었다. 고택 앞 바닥에는 이상화 시인 고택과 그 앞에 위치한 서상돈 고택을 포함한 주변의 지도가 새겨져 있었다. '중구 계산동 2가 84번지'라는 이상화 시인 고택의 주소와 '중구 계산동 2가 87번지'라는 서상돈 고택의 주소가 적혀 있는 점이 특이하였다. 그것을 보며 '이상화 시인과 서상돈이 같은 시기에 각각의 고택에서 산 인물이었다면 어땠을까' 하는 생각이 들었다. 두 사람이 이웃으로서 집 근처에서 어느날 마주하게 되었다면 나라에 대한 걱정으로 하루를 꼬박 보내지 않았을까?

'이상화 고택'이라고 적힌 현판 밑의 대문을 지나 고택 안으로 들어섰다. 이 고택은 이상화 시인이 1939년부터 병으로 돌아가시던 1943년까지 머물던 곳이다. 또한 절필된 시 '서러운 해조'를 마지막으로 써낸 곳이기도 하다.

이상화 고택을 가기 전 골목의 벽화. 이상화 시인이 아주 멋있게 묘사되어 있다.

고택에 들어서자마자 가장 먼저 눈에 들어온 것은 빨간 꽃이 예쁘게 피어 있는 석류 나무였다. 나무 옆으로는 옛날식 물 펌프가 있어 이상화 시인이 살던 시대의 모습을 잘 나타내는 것 같았다. 펌프 뒤로는 '역천', '빼앗긴 들에도 봄은 오는가' 가 새겨진 시비가 있어 이상화 시인의 작품 세계를 잘 보여준다.

마당을 쭉 둘러본 뒤 각 방을 살펴보았다. 방은 모두 높은 마루 위에 있었다. (전시 목적으로 높게 만든 것 같다.) 각 방에 옛날 TV, 수납장같이 시대상을 잘 드러내는 물건들이 있었다. 또, 고택 곳곳에 이상화 시인의 작품집이 비치되어 있어 작가의 활발했던 작품 활동도 엿볼 수 있었다. 고택의 가장 안쪽에는 부엌도 복원이 되어 있었다. 가마솥과 아궁이 등의 지금은 잘 볼 수 없는 물건들로 꾸며져 있었다. 실제의 고택이 어땠을지는 잘 모르겠지만 이상화 시인이 살았던 당시의 시대에 알맞게, 이상화 시인의 소박한 삶이 잘 묻어나게 복원을 잘 한 것 같았다.

이상화 시인은 1901년 이시우, 김신자의 차남으로 대구에서 태어났다. 둘째형 이상백 씨는 한국 최초의 IOC 위원이다. 업적을 세우는 것도 닮은 형제들이다. 1923년에는 계산성당에서 영감을 얻어 〈나의 침실로〉를 지었다고 한다. 학교를 다니며 자주 보는 계산성당이지만 무심코 지나쳤었는데 건물 하나도 예사로 넘어가지 않고 거기서 새로운 영감을 얻게 되는 걸 보니 이상화 시인은 천상 시인이었던 것 같다.

학교 교과서나 참고서에 심심치 않게 등장하는 이상화 시인의 대표작 〈빼앗긴 들에도 봄은 오는가〉는 1926년 [개벽]에 발표되었다.

　지금은 남의 땅 – 빼앗긴 들에도 봄은 오는가?

　나는 온몸에 햇살을 받고
　푸른 하늘 푸른 들이 맞붙은 곳으로
　가르마 같은 논길을 따라 꿈속을 가듯 걸어만 간다.
　(중략)
　나는 온몸에 풋내를 띠고
　푸른 웃음, 푸른 설움이 어우러진 사이로
　다리를 절며 하루를 걷는다 아마도 봄 신령이 지폈나 보다

　그러나 지금은 – 들을 빼앗겨 봄조차 빼앗기겠네

　이 시는 일제강점기에 쓰였다. 반일 민족의식을 표현한 작품으로 비탄, 허무, 저항 의식 등이 깔려 있다. 국토는 일제에 의해 일시적으로 빼앗겼을지라도 우리의 민족 정신, 독립 의지, 일제에 대한 강력한 저항 의식이 여전히 살아 있다는 것을 담고 있는 시이다.

　이상화 고택 내 시비 글에서는 이상화 시인을 이렇게 평가하고 있다.

「일제의 칼날에 맞선 저항 시로, 나라 잃은 민족의 해방을 부르짖는 독립투사로, 학생들에게는 민족을 깨우쳐주던 스승으로 짧은 생을 불태운 시인 이상화. 봄이 오기를 목 놓아 노래했던 시인 이상화는 제국주의 지배의 모순을 드러내며 현실 사회의 개선을 위해 적극적인 사회활동을 발인 저항시인이다. 암울했던 일제 강점기 민족 광복을 위해 저항정신의 횃불을 밝힌 〈나의 침실로〉와 〈빼앗긴 들에도 봄은 오는가〉 등 부단한 시작활동을 통해 치열한 저항정신을 보여주었고, 시에 우리 민족 고유의 정서가 바탕이 된 명하고 아름다운 시적 완성을 이루어냈다.」

  −이상화 고택 내 시비 글−

  이상화 시인은 사망하기 직전, 가족들에게 '일본은 반드시 망한다'는 말을 남겼다고 한다. 세상을 떠나는 그 순간에도 나라를 걱정하고 독립의지를 놓지 않았던 것이다. 일제의 탄압 속에서도 일제에 대한 강한 저항 의식을 글 속에 고스란히 녹여낸 이상화의 애국심과 용기에 존경심을 느낄 수밖에 없다.

  이상화 시인 고택을 처음 방문했던 것은 초등학교 3학년 때였다. 우연히 이상화 시인의 시를 접하게 되어 그가 대구 출신이라는 것을 알고 부모님과 함께 고택을 방문했었다. 그때 당시에는 지금처럼 고택까지 가는 길이 깔끔하게 정돈되어 있지 않았던 것은 물론 위치도 제대로 알 수 없어 주위의 가게나 주민들에게 물어물어 찾아갔었다. 그때도 골목투어를 갔던 날처럼 무더위가 기승을 부렸었는데 한참을 돌고 돌아 고택에 도착하게 되었다. 그러

이상화 고택 내부 모습. 소박한 가구들이 정갈히 배치되어 있다.

나 기대와는 달리 고택은 너무나도 초라한 모습이었다. 대단한 작품을 남긴 시인의 고택이라 번듯하고 멋질 것이라 생각했었는데 고택의 낡은 대문은 굳게 잠겨 있었고, 주위에는 거미줄과 잡초로 뒤덮여 있었다. 문 틈 사이로 언뜻 보였던 고택 내부도 사정은 마찬가지였다. 어린 마음에도 너무도 관리가 되지 않았던 고택은 충격으로 다가왔었다.

이상화 시인 고택의 보존이 처음 제안되었던 것은 1997년에 죽순 문학회장 이윤수가 죽순 문학회 설립 50주년 기념식 석상에서였다. 이후 이상화 기념사업 추진위원회가 구성되면서 고택 보존에 대한 대책 논의가 이어져 왔다. 그런데 2003년, (주)L&G의 주상복합 건물 신축예정 발표로 고택이 사라질 위기에 처하게 된다. 그후로 고택을 보존하기 위한 수많은 시민과 단체의 노력으로 2007년에 고택 보수공사를 착공하고, 마침내 2008년 8월 12일에 개관을 하였다.

　이번 방문은 이상화 고택이 새롭게 단장한 뒤 처음 찾은 것이라 감회가 새로웠다. 골목 입구부터 모두 이상화 시인에 관한 것들로 꾸며져 있었다. 집 내부도 시인의 소박한 삶과 어울리게 잘 복원이 되어 있었다. 예전에 방문했을 때와 다르게 깔끔하게 단장한 모습을 보니 정말 좋았지만 이런 경험을 통해 문화재 보존에 관해서도 생각하게 되었다. 대구 뿐 아니라 다른 지역에도 예전의 이상화 시인 고택과 같이 무관심 속에 방치되어 있는 문화재나 유적이 많이 있을 것이다. 시민들이 주변의 문화 유적지의 가치에 대해 깨닫고 이상화 시인 고택처럼 잘 보존이 되어 그 지역의 문화와 역사교육의 중심으로 거듭났으면 한다. 이번 이상화 시인 고택 방문으로 참 많은 것을 얻고 간 것 같다.

– 김지원

나라의 빚을 우리 힘으로 갚읍시다!

이상화 시인 고택과 마주하고

있는 집 한 채. 중구 계산동 2가 84번지, 바로 서상돈 선생의 고택이다. 두 분의 고택으로 향하는 길의 한쪽 벽에 두 분의 초상이 나란히 있다. 벽화 속 서상돈 선생은 마른 얼굴에 흰 수염을 달고 있다. 광대뼈가 드러날 만큼 마른 선생의 초상을 보며 나라 걱정을 하느라 마르게 된 것이 아닌가 하는 혼자만의 생각을 해보았다.

서상돈 선생 고택의 내부는 이상화 시인 고택보다는 마당이 넓고 방도 여러 채 있다. 그래도 대구 최고의 부호였던 인물의 집 치고는 소박한 편이라고 생각된다. 고택으로 들어가는 입구는 벽돌이 아치형으로 쌓여져 있는데, 붉은 벽돌이라 이국적이면서도 고풍스러운 느낌을 준다. 이상화 시인 고택은 마루가 내 다리 높이 정도로 꽤 높았는데 서상돈 선생의 고택은 안채와 사랑채 모두 마루가 나지막하게 있어 훨씬 차분한 느낌을 준다. 밖에서 본 고택은 고택을 둘러싸고 있는 나무들과 아주 멋들어지게 어울린다. 고택의 안채에서 본 대문은 고택 복원 이전에 공사가 확정되었던 주상복합 건물 바로 옆에 위치해 있다. 뒤로 보이는 건물은 나무와 기와로 만들어진 대문과 이질적인 느낌을 준다. 이를 보면서 좀 더 빨리 복원 사업이 진행되어 주변이 더 아름답게 꾸며졌다면 어땠을지 약간의 아쉬움이 들었다.

서상돈 선생은 1851년 경북 상주에서 출생했다. 대구에서 지물행상과 포목상으로 성공한 인물로, 아주 큰 부자였다. 선생은 정부의 검세관이 되어 조세 곡을 관리하기도 하였다. 독실한 천주교 신자였던 서상돈 선생은 1897년 계산성당을 지원하였고, 1911년 주교 소재지로 대구가 낙점되도록 후원하였다. 학교를 설립하였고 독립협회의 회원이 되어 나라를 지키는 일에도 힘쓰셨다.

서상돈 선생하면 가장 먼저 떠오르는 것은 국채보상운동이다. 국채보상운동은 일본에 진 국가 부채를 국민의 모금으로 갚기 위해 1907년 1월부터 1908년 사이에 대구에서 가장 먼저 전개된 국권회복운동이다.

일제가 우리나라를 식민 지배할 당시, 일제는 한국의 재정을 장

서상돈 선생 고택 내부. 대구 최고의 부호의 집 치고는 소박한 편이다.

악하고, 식민지 지배를 위해 1894년 청일전쟁 당시부터 한국에 차관을 떠맡기다시피 하였다. 이후 일제는 온갖 명목을 들어가며 우리나라에 차관을 도입했고 총 차관액은 1,300만 원으로 당시 한국의 1년 예산과 맞먹는 것이었다. 현재의 금액으로 약 1조 4,000억

원 정도 되는 엄청난 금액이다. 당시 정부의 힘으로는 절대 갚을 수 없는 상황에서 서상돈 선생은 광문사의 김광제와 함께 1907년 2월 단연(금연)을 통하여 국채를 갚아나가자는 국채보상운동을 제창하였다. 그 내용은 "국채 1,300만 원은 바로 우리 대한제국의 존망에 직결되는 것으로 갚지 못하면 나라가 망할 것인데, 2,000만 인민들이 3개월 동안 금연하고 그 대금으로 국고를 갚아 국가의 위기를 구하자"라는 것이었다. 그 뒤 광문사는 단연회를 설립하여 직접 모금운동에 나섰고, 전국에 국채보상을 목적으로 한 20여 개의 단체들이 속속 결성되기 시작하였다.

국채보상운동은 전국적인 규모만이 아니라 참여 계층에 있어서도 매우 다양할 정도로 그 파급력이 대단했다. 고관이나 양반·부유층에 그치지 않고 노동자·농민, 그리고 학생·군인·상인·기생에 이르기까지 참여하지 않은 계층이 없었다. 일본 차관과 직접적인 관련이 있는 상인층은 인천·부산·원산·평양에서 상업회의소 등을 통하여 국채보상운동에 참여하였고, 또한 지식인들은 각종 단체·학교·언론기관 등을 중심으로 활동을 펼쳤다. 특히 여성들의 참여가 두드러져 반찬값을 절약하거나 비녀와 가락지 등 물건을 의연소에 내놓기도 하였다. 나라를 사랑하는 마음에는 성별도 계급도 없었다.

고종 황제와 고위 관료들도 잠깐이나마 금연을 통해 이 운동에 참여한 것으로 보아 국채보상운동은 범국민적 운동이었음을 알 수 있다. 당시 국채보상운동이 전국으로 빠르게 확산될 수 있었던 데는 신문사들의 힘이 컸다. 〈대한매일신보〉, 〈제국신문〉, 〈만세보〉, 장지연의 '시일야방성대곡'으로 유명한 〈황성신문〉 등의 신문사들이 적극적으로 국채보상운동을 홍보하여 이 운동이 전국으로 확산되는 데 앞장섰다. 운동이 가장 활발하게 전개된 시기는 1907년 4월부터 12월까지였으며, 특히 6~8월에는 가장 많은 의연금이 모였다. 서상돈 선생도 그 당시로서 거금인 800원을 내놓았다. 모금 총액은 약 20만 원 정도였다고 한다.

1907년 말부터는 모금이 잘 이루어지지 않았는데 이는 일제의 방해 때문이었다. 국채보상운동이 전국적으로 확산되자 일제는 이 운동을 탄압하기 시작하였다. 통감부에서 국채보상운동의 주도 세력들에게 갖가지 누명을 씌워 구속시키거나 추방했고, 1908년 초 2,000만 원의 차관을 반강제로 더 공급해 국민들의 무력감을 불러일으켜 결국 이 운동은 실패로 돌아갔다.

나라의 빚을 국민들의 힘으로 갚겠다는 이 운동은 일제의 방해로 인해 뜻한 바를 이루지는 못하였다. 하지만 1년 6개월간 진행

서상돈 고택의 대문. 바로 뒤에 있는 신축건물과 이질적인 느낌을 준다.

된 이 운동은 많은 의의를 갖는다. 국채보상운동은 각계각층의 사람들이 자발적으로 참여한 운동으로서 외채 상환을 통해 국권을 회복하겠다는 전 국민의 단합된 의지를 보여주었다. 이 운동을 통해 국민들은 국권회복에 대한 열의와 기대를 자각하게 되었으며 이는 민족 해방 운동으로 이어지게 되었다.

국채보상운동은 정확히 90년 뒤에도 영향을 미쳤는데 그것은 바로 IMF 외환위기 당시 전국에서 이루어졌던 금모으기 운동이다. IMF 사태 당시에도 1907년의 그때처럼 외채가 어마어마했다. 그로 인하여 IMF(국제 통화 기금)에 구제금융 신청을 했고 우리나라 경제는 엄청난 침체를 맞이한다. 그때 제안된 것이 '금모으기 운동'이었다. 90년 전 그때처럼 국민의 힘으로 국가 위기를 극복하자는 것이었다. 이 운동도 국채보상운동처럼 언론을 통해 하루가 멀다 하고 홍보되었고 많은 국민의 자발적 참여를 이끌어냈다. 이때도 서민들의 참여가 높았다. 시민들은 아이의 돌 반지, 결혼 패물 등을 내놓으며 국가 경제에 조금이라도 보탬이 되기를 기원했다. 이 운동도 결과적으로 경제 위기를 극복하는 데 큰 도움은 되지 못했지만 전 국민적인 단결을 이끌어내고 애국심을 고취시켰다. 이후 모든 국민이 끊임없이 노력한 결과 지금의 경제 대국으로 거듭나게 되었다. 90년 전의 일이 현대에 와서 큰 영향을 끼치게 된 것이다!

국채보상운동과 금모으기 운동 모두 국가 위기를 극복하는 결정적 계기가 되지는 못했지만 전 국민을 하나로 모으고 애국심을 불러일으켰다는 점에서 공통점을 갖는다. 두 운동을 비교해 보면서 국민들이 하나로 뭉쳤을 때의 엄청난 힘을 깨닫게 되었다. 또, 넉넉지 않은 상황에서도 나라를 위해 기꺼이 돈과 금을 내어놓은 선조들과 시민들에게 무한한 존경심을 느끼게 되었다. 요즘 뉴스를 보면 사소한 문제에도 사람들이 분열되고 갈등하는 모습을 많이 볼 수 있는데 이러한 역사를 통해 국민적 단합이 얼마나 중요한지를 깨달았으면 한다.

대구시는 국채보상운동을 주도했던 서상돈 선생의 생가를 이상화 시인 고택 옆에 복원하였고, 국채보상운동 기념 공원을 조성하였다. 또한 이 운동을 기념하는 조각상과 동상을 세워 국채보상의 의의를 되새기고, 서상돈 선생을 비롯해 나라를 위해 많은 노력을 기울인 모든 분의 숭고한 뜻을 기리고 있다.

- 김지원

하나님의 영광을 온 누리에

거대한 규모와 고풍스러운 고딕 양식으로 보는 사람을 압도시키는 제일교회. 중학교를 다니던 3년, 그리고 올해 고등학교를 다니면서도 등·하교 할 때 꼭 보게 되는 건물이다. 중·고등학교가 기독교 학교라 중학교를 다닐 때, 매년 부활절이나 성탄절에 학교에서 예배를 하러 단체로 갔었다. 학교에서 행사 때 예배를 드리던 제일교회의 본당은 밖에서 보던 대로 큰 규모를 자랑한다. 높은 천장과 큰 무대, 길게 이어진 의자들은 들어갈 때부터 엄숙해지게 만든다.

중구 동산동 234번지, 우리 학교 옆에 위치한 이 건물은 제일교회의 4번째 성전이다. 매일 학교를 다니면서 봐왔지만 잘 알지 못했던 곳, 세일교회는 어떤 곳일까?

제일교회는 1893년 미국 북장로 교회 베어드 선교사의 대구 방문을 계기로 본교회가 창립되었다. 1895년(고종 32년)에는 미국 북장로교 선교부에서 부산에 있던 서교 본부를 대구로 옮기고 아담스 선교사가 1898년 기와집 4동을 구입하여 교회당으로 사용함으로써 경북 지방 최초의 기독교 교회인 남성정 교회가 세워졌다. 이후 계속해서 신도가 늘어 1908년(순종 2년)에 재래 양식과 서구 건축 양식을 절충하여 단층의 새로운 교회당이 신축되었다. 1933년 9월에는 신도들의 헌금과 지방 교회의 성금으로 지금의 벽돌조 교회당을 건축하고 제일교회로 개명하였다. 1937년에 이주열 권사가 높이 33m의 종탑을 세웠고, 현재 중구 남성로(약전골목)에 있는 모습으로 완성되었다.

제일교회에서는 후학들을 양성하기 위해 1900년에 희도 학교를 설립하였다. 그후 대구 선교부에서는 몰려오는 청소년들에게 교육의 필요성이 인정이 되자 1906년 10월에는 교회 구내에 계성학교(현, 계성ㆍ중고등학교)를 설립하였으며, 1907년에는 여성들에게도 교육의 기회를 주어야 한다며 우리가 다니고 있는 신명여학교(현 성명여중ㆍ신명고등학교)를 설립ㆍ운영하였다. 계산성당이 천주교 역사의 시발점이었다면 제일교회는 대구 최초의 기독교 및 학교와 병원의 역사를 보여주는 대구 역사의 중요한 핵심이 되는 곳이다.

제일교회의 입구 현판에는 '대한예수교장로회 대구제일교회' 라는 글자 밑에 'FIRST PRESBYTERIAN CHURCH' 라고 적혀 있다. 첫 번째 장로교회라는 뜻인데 대구 경북 지방 최초의 기독교 교회라 이런 글자를 새긴 것 같다.

제일교회의 본당은 평면이 남북으로 긴 직사각형의 건물로, 정면 중앙에 현관을 두고 우측에 종탑을 둔 벽돌 조 2층의 간결한 고딕 건물이다. 1969년 내부 중수공사를 하였고, 1981년 6월 본당

뒤편으로 156평을 증축하였다. 1층에는 사무실, 유치원, 청소년 예배실이 있고, 2층에는 대예배실로 사용하고 있다. 건물 외관에 고딕 양식이 잘 나타나 있다. 각 부의 비례와 조작 수법이 정교하여 대구 지역 근대 건축사 연구에 귀중한 자료가 되고 있다. 1992년 1월 7일에는 대구광역시 유형문화재 제30호로 지정되었다

교회의 뒤편에는 대나무들이 우거져 있다. 아름다운 고딕 양식의 건물과 어우러지면서 멋을 더한다. 푸른 자태를 뽐내며 쭉쭉

제일교회 입구(왼쪽)
제일교회 뒤편. 대나무와 건물이 멋스럽게 어우러진다.(오른쪽)

뻗어 있는 대나무가 오래 전, 이곳 대구에 기독교를 널리 전하기 위한 선교사들의 곧은 신앙심을 보여주는 듯하다.

교회의 앞에는 여러 비석들이 세워져 있다. 그 중 하나는 제일교회를 설립한 제임스 E. 아담스(한국 이름은 안의와) 목사 기념비이다. 1935년 5월 경북노회 주최로 애덤스 목사 기념비 제막식을 거

행하였는데 이는 경북노회가 선교 50주년을 기념하여 그 공로를 후세에 전하기 위해 세운 것이다. 또 다른 비석은 창립 50주년 기념비이다. 이 비석은 교회 설립 50주년을 기념하여 1947년 10월 10일에 세운 비문으로 경북노회 김원희 목사가 지었고, 최종철 목사가 썼다. 이 비석들을 통해 제일교회의 오랜 전통과 역사를 엿볼 수 있다. 제일교회에서는 아직까지도 집회가 이루어진다고 한다.

　제일교회의 건물 전체는 담쟁이덩굴로 뒤덮여 있다. 봄과 여름에는 이 담쟁이덩굴이 푸른 빛깔로 교회 전체를 뒤덮어 싱그러운 느낌을 주고, 가을에는 담쟁이덩굴의 잎이 붉게 물들면서 교회의 붉은 벽돌과 조화를 이루며 아주 운치 있는 배경을 만들어 낸다. 우리가 골목투어를 간 날은 매우 더운 여름날이라 담쟁이덩굴이 새파랗게 물들어 보는 것만으로도 시원한 느낌을 줬다. 사시사철 아름다운 모습을 드러내는 제일교회이다.

제일교회의 여름과 겨울. 계절에 따라 다른 아름다움을 선사한다.

제일교회 설립자 아담스 목사 기념비(왼쪽)와 50주년 기념비(오른쪽)

　제일교회에는 푸른색 철로 만들어진 문이 있다. 이 문은 여기저기 붉은 빛으로 녹슬어 있어 제일교회와 함께한 오랜 세월을 그대로 나타낸다. 부식된 문이지만 교회 건물과 어우러져 아름다워 보이는 것은 옛날 선교사들, 그리고 어려운 생활 중에도 자신의 신앙을 지켜오던 신자들의 독실한 믿음 때문이 아닐까.

　제일교회의 첫 번째 신자는 서자명이라는 사람이다. 대구 제일교회 앞 남성로 남쪽 약 10m 거리에 남성로와 병행하는 긴 골목이 옛날부터 '뽕나무 골목' 으로 불리었다. 그 길이 바로 서울과 부산을 잇는 관통 두로였다. 그 골목에서 애덤스 선교사가 전도 강연을 하였고, 이때 서자명은 서툰 조선말로 전도하는 말에 감동이 되었다.

　어느날 한 농부가 산에서 나무를 해 가지고 오다가 애덤스 선교사의 얼굴을 스치고 지나가고 말았다. 이때 선교사는 그 촌 농부

대구, 어디까지 가봤니?

에게 찾아가서 "형제님, 제가 길을 막고 전도를 하다가 그렇게 되었습니다. 용서를 빕니다." 하고 말했다. 이러한 광경을 지켜보았던 서자명은 그 자리에서 예수를 믿겠다고 결심을 하고 애덤스 선교사가 설립한 대구 제일교회에 출석을 하게 되었다. 이렇게 해서 서자명은 1898년 12월에 대구 제일교회의 첫 신자가 되었다. 서자명은 다른 교회로 옮긴 후에도 꾸준히 신앙을 지켜 1922년 8월 18일 장로 장립을 받게 되었다. 대구 땅에 기독교를 전파하기 위해 서툰 말로 열심히 전도를 한 애덤스 목사와 꾸준히 신앙을 지켜 첫 신자이자 장로 장립까지 받은 서자명 장로 모두 대단한 인물이라고 생각된다.

옆 사진의 이 건물은 우리 학교 옆에 위치한 제일교회의 4번째 성전이다. 교회의 앞에서 이 건물을 다 보려면 고개를 뒤로 완전 꺾어야 할 정도로 엄청난 크기를 자랑한다. 위의 사진을 찍을 때도 건물에서 한참 떨어진 후에 카메라를 최대한 젖혀서 찍어야 했다. 대구에 있는 교회 중 최고 규모를 자랑한다.

이 건물은 1994년 6월에 착공하여 2002년 4월 21일 새 성전을 완공하고 헌당예배를 드렸다. 높은 첨탑이나, 건물 외관의 기둥, 뾰족한 탑 등이 고딕 양식의 주요 특징을 드러내고 있다. 주변의 다른 건물을 제외하고 제일교회만 보고 있으면 유럽 중세의 어느 성에 있는 듯한 느낌이 든다.

지금 내가 다니고 있는 신명고등학교와 함께 있는 성명여자중학교를 다닐 때는 교실에 앉아 창 밖을 바라보면 늘 제일교회를 볼 수 있었다. 날씨가 맑은 날은 푸른 나무와 하늘에 떠있는 흰 구름들과 어울려 아름다운 경치를 만들어낸다. 흐린 날은 교회의 회색 벽돌의 색이 더욱 어두워져 그 주변이 스산한 느낌으로 다가온다. 눈이 오는 날이면 교회 건물과 주위를 둘러싼 나무들이 새하얗게 변해 신비로운 느낌을 자아낸다.

매일 매일 색다른 분위기로 변하는 제일교회를 이제는 자주 보지 못한다. 고등학교 건물이 중학교 건물 뒤에 있어 바깥 풍경이 보이지 않기 때문이다. 수업을 하다가 지겹거나 마음이 복잡할 때 창 밖을 바라보며 늘 마음을 달랬는데 이제는 등·하교 때만 볼 수 있어 많이 아쉽다.

앞에서도 말했듯이 중학교 때 매년 부활절이나 추수감사절, 성탄절이면 예배를 드리러 제일교회에 갔었다. 예배를 드리던 곳은 본당 1층이었다. 오전 내내 본당에서 예배를 드리고 학교에 돌아와 오후에 여러 행사를 가졌었다. 선생님들과 예배를 주관하시던 목사님을 비롯한 여러 분들께 죄송한 말씀이지만 제일교회에 예배를 보러 가서 친구들과 얘기하거나 설교 시간에 잤던 적이 많았다. 예배를 하는 중간 쉬는 시간에는 본당의 긴 나무의자에 친구들과 줄줄이 누워 잔 적도 있었다. 행사가 모두 끝난 뒤 학교에 돌아오면 제일교회에서 준비한 부활절 계란, 추수감사절 백설기, 성탄절 선물을 받았었다. 지금 생각해 보니 교회에서 내내 졸다가 와서는 그런 선물들을 받았던 게 죄송하기도 하다.

신명고등학교에서 내리막길을 따라 쭉 나오면 오른쪽 옆으로 한 건물이 있다. 제일교회 100주년 기념관이다. 이 건물은 2007년 1월 교육문화관(전 영남신학교 강당 3층)을 7층 연건평 약 1,330평으로 완공하여 2008년에 명칭을 100주년 기념관으로 이름을 바꾸고 교육 및 지역주민을 위한 문화공간으로 사용하고 있다. 이 건물 1층에는 이스트 힐이라는 카페가 있다. 이곳은 중학교 때부터 친구들과 자주 찾던 곳이다. 날씨가 아주 더운 날이나, 조별 수행평가 같은 걸로 상의할 것이 있을 때 함께 찾아 놀기도 하고 얘기도 하는 곳이다. 만나서 얘기하다 보면 시간이 얼마나 빨리 가는지 해가 다 지고서 간 적도 꽤 있었다.

교회에서 운영하고 학생들이 많이 찾는 곳이라 음료나 빵의 가격도 다른 카페에 비해 아주 저렴한 편이다. 지금은 각자 다른 학교에 간 중학교 때 친구들을 만날 때도 이곳에서 자주 만난다. 고등학교를 졸업하게 되면 학교만큼이나 이곳이 그리울 것 같다.

글을 쓰다 보니, 제일교회와 관련된 추억들이 많다는 걸 새삼 깨닫게 되었다. 중학교를 다녔던 3년이 그러했듯, 또 앞으로 고등학교를 다니는 3년 동안도 많은 추억이 제일교회와 함께 쌓일 것 같다.

졸업을 하게 되면 정든 학교와 제일교회가 있는 이 동산이 무척이나 그리울 것 같다.

- 김지원

.

이 골목 억~수로 기네!

어느덧 시간은 정오를 향해 가
고 여름날 뜨거운 날씨에 지쳐갈 쯤, 골목투어의 마지막 코스인 진
골목에 도착했다. 생각했던 것과 달리 골목 초입이 좁아 의외였다.
골목 입구부터는 맛있다고 소문난 식당들이 줄지어 서 있었다.

　진 골목은 '긴 골목' 이라는 뜻이다. 경상도에서는 '길다' 를 '질
다' 로 발음하는데 이 때문에 '긴 골목' 이 '진 골목' 으로 불리게 되
었다. 그러나 '긴 골목' 이라는 이름 뜻과는 달리 진 골목은 100m
남짓한 거리로 아주 짧다. 골목 중간중간이 소방도로로 끊겨져 있
어 더 짧은 느낌이 들었다. 현재 쭉 뻗은 8차선, 10차선 도로가 가
득한 곳에서 사는 우리에게는 짧게 느껴지지만, 그 옛날 도로가
발달되기 전 이 골목을 오갔던 사람들에게는 아주 긴 골목이었던
것 같다.

　진 골목에 들어서면 골목 끝에 있는 번잡한 중앙로와는 다른 세
상에 와 있는 듯한 느낌을 준다. 낡은 보도블록과 시멘트 칠이 벗

겨져 회색 속을 드러내는 담장, 녹이 슨 철 대문, 양산을 쓰고 골
목을 오가는 어르신들을 보니 시간 여행을 온 듯한 기분마저 들었
다. 번화가의 소음도 이곳을 비껴가는 것 같았다. 길이는 100m 정
도로 짧지만 역사는 100년이 넘는다. 1905년 대구 읍성 지도에도
표시되어 있다. 땅 값만 따진다면 번화가인 동성로나 중앙로가 비
쌀지 몰라도 100년이 넘는 역사와 전통을 생각한다면 가장 비싼
곳은 진골목이 아닐까 하는 생각이 들었다.

이렇듯 정겨운 골목을 따라 조금 걷다보니 약간은 촌스러운 '미
도다방'이라고 적힌 간판이 눈에 들어왔다. 이곳은 진 골목과 역
사를 함께한 곳이다. 진 골목 곳곳의 식당과 다방이 역사와 전통
을 자랑하지만 단연 으뜸은 이곳 미도다방이라고 한다.

미도다방의 주인은 정인숙 여사이다. 정인숙 여사는 청도 풍각
출신으로 어린 시절을 할아버지 덕에 유복하게 보냈다. 그러다가
아버지 대에 와서 가정 형편이 어려워지자 생활전선으로 뛰어들

수밖에 없었다. 그녀는 평소 특기를 살려 1979년 경대교 인근에서 '백림다방'을 개업했다. 1980년에는 대구 시청 부근에 '우정다방'을 개업했고, 그후 1982년 미도다방을 개업했다. 정인숙 여사는 매일 같이 한복을 곱게 차려입고 손님을 맞으신다.

미도다방은 1982년 문을 연 뒤로 대구, 경북 지역의 정치인, 유림, 문인 사이에서 명소가 되었다. 전두환 전 대통령과 박준규 전 국회의장이 방문한 적도 있다고 한다.

미도다방 건물 벽을 보면 아름다운 벽화 위에 시가 한 편 쓰여 있다. 미도다방의 단골이었던 전상열 시인이 타계 직전 발표한 '미도다방'이라는 시이다.

종로2가 미도다방에 가면 / 정인숙 여사가 햇살을 쓸어 모은다
햇살은 햇살끼리 모여앉아 / 도란도란 무슨 얘기를 나눈다
꽃시절 나비 이야기도 하고 / 장마철에 꺾인 상처 이야기도 하고
익어가는 가을 열매 이야기도 하고 / 가버린 시간은 돌아오지 않아도
추억은 가슴에 훈장을 / 달아준다
종로2가 미도다방에 가면 / 가슴에 훈장을 단 노인들이
저마다 보따리를 풀어놓고 / 차 한 잔 값의 추억을 판다
가끔 정여사도 끼어들지만 / 그들은 그들끼리
주고 받으면서 / 한 시대의 시간벌이를 하고 있다.

미도 다방의 정겨운 모습과 오가는 사람들이 두런두런 이야기를 나누던 모습이 잘 나타나 있는 시이다. '추억은 가슴에 훈장을

달아준다' 는 시구가 인상적이다.

　미도다방은 입구부터 그야말로 옛날식이다. 끼이익 소리를 내며 열리는 나무문을 지나 들어서면 7,80년대로 타임머신을 타고 온 듯한 착각을 일으킨다. 갈색 소파 위의 오색 방석, 나무 탁자에 놓여 있는 '미도다방' 이 한자로 적힌 성냥갑, 벽 한 켠에 있는 선풍기, 다방 중앙에 놓여 있는 푸른빛의 어항은 정겨운 분위기를 물씬 풍긴다. 예전의 모습을 그대로 잘 간직하고 있어 영화의 촬영 장소로도 쓰였다고 한다.

　미도다방의 주 손님층은 나이 지긋하신 노인 분들이시다. 아직까지도 하루 평균 200명 정도의 손님이 찾는다고 하는데 이 중 4~50명은 단골손님들이라고 한다. 생애 처음으로 다방이라는 곳을 방문했는데, 주로 나이가 지긋하신 분들이 계셔서 말 한 마디, 행동 하나하나가 왠지 조심스러워졌다. 하지만 백발의 할아버지, 할머니들께서 소파에 삼삼오오 모여앉아 이야기꽃을 나누시는 모습을 보니 왠지 마음 한편이 따뜻해졌었다.

　미도다방은 쌍화차와 약차가 유명하다. 달걀노른자를 동동 띄운 쌍화차는 근처 약전 골목에서 구해온 백작약, 숙지황, 당귀, 감초, 천궁, 계피 등을 뭉근히 달여 각종 씨앗들과 계란 노른자를 동동 띄워 만든 것이다. 들어가는 재료만 들어도 건강해질 것 같은 느낌이다. 미도다방의 쌍화차는 약국에서 파는 쌍화차와는 그 향부터도 비교도 할 수 없었다. 전에는 식사대용으로 먹었다고도 하는데 직접 마셔보니 든든한 것이 그럴 만한 것 같다.

　쌍화차와 함께 또 유명한 것이 약차이다. 은근한 불에 오래 달여 낸 약차는 익히거나 조리하지 않은 말 그대로 '생' 생강과 함께 나온다. 생강이 맵다보니 흑설탕과 함께 나온다. 약차를 마시면서 생강을 흑설탕에 찍어먹는다고 한다. 쓴 걸 잘 못 먹는 우리는 쌍화차를 마시는 것이 더 나을 것 같았다.

미도다방의 대표 메뉴인 쌍화차 등

차를 시키면 주전부리로 웨하스와 부채 모양의 옛날과자가 나온다. 과자도 옛날에 즐겨먹던 과자들이다. 차가 쓰다 보니 단 과자를 주는 것 같다. 모든 차들은 2~3000원대라 가격도 매우 저렴하다. 정성 가득한 차에 저렴한 가격, 인심 가득한 정여사님까지, 미도다방이 오래도록 이어지고 있는 이유이다. 앞으로도 대구의 명소로 쭉 이어졌으면 한다.

구불구불한 진 골목을 따라 걷다 보면 '정 소아과 의원'이라는 간판을 단 2층집을 볼 수 있다. 현존하는 대구에서 가장 오래 된

정 소아과 의원의 간판. 끝이 녹슨 오랜 역사를 보여주는 듯하다.

양옥 건물이다. 건물 주변은 향나무, 사철나무, 히말라야시다 등의 정원수로 꾸며져 있었다. 끝부분이 녹슨 간판과 색이 바랜 돌담장은 오랜 세월을 증언해 주는 듯했다.

정소아과 의원은 1937년 건립되었다. 1947년 소아과를 운영하기 위해 정필수 원장이 매입한 후 크게 내·외부 수리 없이 지금껏 원형을 보존하고 있다. 덕분에 일제 강점기 상류층의 주거 문화를 이해하는 중요 근대 건축물로 평가받고 있다고 한다. 이 건물은 예전에 일본인이 해방 뒤 남겨놓고 간 집인 적산가옥에 해당한다. 일제 강점기 때 지어져 현재는 거의 사라진 근대 주거용 양옥 양식을 보여주고 있다.

대구 신 택리지를 보면, 정 소아과 의원은 진 골목에 밀려오기 시작했던 일제 강점기 건축 문화를 그대로 반영하고 있다. 언뜻 보기엔 일본과 서양 양식의 절충식 건물 같지만 굴뚝을 세우고 난

정 소아과 의원의 입구
안으로 보이는 소아과 건물이 근대 역사를 증언해 주고 있다.

방을 하지 않는 일본의 건축 문화와 상반된 두 개의 굴뚝이 입구에 보인다. 또, 창문 처리는 중국의 전통적인 창 구조인 원형으로 한 부분이 많다. 일제가 건립한 근대 건축물들은 기본적으로 사각형에 위압적인 입구 구조로 방어적인 외관을 많이 보이지만 이 건물은 대구 화교 모문금이 지은 중국, 서양 양식의 절충식 건물로 추정된다고 한다.

정 소아과 의원 1층 동쪽 현관홀을 들어가면 어린이들이 밟고 올라갈 수 있는 유아용 계단이 이어져 있는 목재 계단이 있다. 1층 공간은 정필수 원장이 사적으로 이용하던 곳이고 정원으로 들어가는 통로도 있다. 정원에는 작고 예쁜 기와집에 구석구석에 서 있다. 소아과 내부의 집기들도 거의 근대 유물 수준이라고 한다. 건물 내부와 외부 모두 살아 있는 근대의 문화유산이라고 할 수 있다.

정 소아과 의원은 2009년에 폐업했다. 원장이신 정필수 원장님이 현재 아흔이 넘으셨다고 하는데, 2009년이면 여든이 넘은 연세에도 진료를 하셨다는 것이니 정말 대단하신 것 같다. 원장님의 확고한 의지와 투철한 정신 덕분에 병원을 개업한 1947년부터 2009년까지 자그마치 62년이라는 긴 세월 동안 진료를 하실 수 있었을 것이다. 원장님의 투철한 의사 정신에 정말 존경을 표하고 싶다.

진 골목은 근대 초기 달성 서씨 부자들이 사는 동네로 유명했다. 대구 최고의 부자였던 서병국을 비롯해 그의 형제들이 모여 살았다. 달성 서씨들은 고려시대부터 대구에 정착한 지방 호족으로, 조정에 헌납했던 달성토성을 비롯 구암서원이 있었던 동산, 남산동, 계산동, 산격동 등 그들의 땅을 밟지 않고선 영남대로를 지날 수 없을 정도였다고 한다.

진 골목에는 지주들이 모여 살았으며, 구한말에서 일제 강점기 시대 토지대장 기록에는 서씨들의 이름으로 가득 차 있다. 10만석꾼으로 불리며 풍류를 즐겼던 석재 서병오, 한국인 최초의 무진회사였던 '조양무진' 사장 서창규, 경북 최고의 부자였던 서병국, 이인성과 함께 근대화단을 개척한 서병기, 서병직, 국채보상회 간부였던 서병규, 1915년 조선국권회복단에 참여한 서상규와 김응섭, 고래등 같은 큰 저택이 그대로 남아 있는 서병원 등 헤아릴 수 없을 정도이다. 달성 서씨 이외에 동산 99칸집의 주인인 안동 출신 거부 장길상, 장직상 형제는 물론 한국인이 설립한 대구 최초의 은행인 '대구은행'의 설립자인 재력가 정재학, 해방 이후 코오롱을 창업한 이원만, 약전골목에서 당재와 초재 거래를 하며 벼락부

예전 대구 최고의 부호였던 서병원의 저택이었던 진 골목 식당.
육개장으로 유명하다.

자가 된 김성달, 1971년 창업하여 연간 2천억 원의 매출을 기록한
평화빌레오 창업자 김상영, 1973년 문을 연 로얄호텔 사장 등
1970년대까지 재력가와 기업인들이 가장 선호하던 거주지가 바로
진 골목이다.

　지금 그들이 살던 대저택에는 식당이 들어섰다. 육개장으로 유
명한 진 골목 식당, 종로숯불갈비는 서병원의 저택이었고, 앞에서
소개한 정 소아과 의원 건물은 서병기의 저택이었다.

　지금부터 소개하려는 대구 화교협회와 화교초등학교도 대구 경
북 최고의 부자 서병국의 저택의 일부였다고 한다. 화교협회와 화
교 초등학교는 진 골목의 끝에 있다. 대구에 화교가 정착한 것은
1905년이다. 이들은 1928년에 대구 화상 동향회를 설립했다. 이
단체를 모태로 당시 우리나라에서 활동하던 화교들의 모금으로
화상공회가 만들어졌으며, 1960년 대구 화교협회로 개칭하여 현

재에 이르고 있다. 그때 당시에는 대구에 화교가 많았지만, 현재
는 많지 않다고 한다.

화교협회는 1929년에 지어진 서양식 붉은 벽돌의 2층 건물이
다. 서병국이 대구에서 활발히 활동하던 당시 중국 건축가 모문금
에게 설계와 시공을 맡겨 건립한 것이다. 장방형의 평면 구조이며
중복도를 두었다. 현관은 화강석을 사용하여 돌출시켰으며, 전체
적으로 좌우 대칭의 균형미를 이룬다. 붉은 벽돌 덕분에 입구부터

대구 화교협회(왼쪽)와 대구 화교초등학교(오른쪽)
화교초등학교의 벽화가 인상적이다.

중국 느낌이 물씬 난다.

화교협회 옆에는 화교초등학교가 있는데 중국식 그림과 장식
등으로 꾸며져 있다. 문 안쪽으로는 중국의 위인들이 그려져 있
다. 맹자, 삼국지에 등장하는 조자룡, 고구려-당 전쟁 때 연개소
문과 전투를 벌인 당태종, 명나라의 초대 황제 홍무제, 진시황제,

공자, 노자의 모습이 그려져 있다. 운동장 한쪽에는 인자한 미소를 짓고 있는 타이완 중화민국의 총통, 장제스의 흉상이 있다.

화교초등학교에는 다양한 조각상들과 재미있는 벽화들이 많다. 그 중 가장 인상 깊은 것은 화교학교 앞에 있는 벤치의 조각이다. 익살스러운 표정을 하고 책을 읽는 조각을 보고 있으면 자연스럽게 걸음을 멈추고 조각을 구경하고 가게 된다. 근처 또 다른 벤치에 앉아 길을 물끄러미 보고 있는 조각상도 보는 즐거움을 더해

예전 대구 최고의 부호였던 서병원의 저택이었던 진 골목 식당.
육개장으로 유명하다.

준다.

정말 진(긴)~ 역사를 지닌 진 골목. 근대 역사와 현재가 함께 공존하고 있는 이 정겨운 골목이 앞으로도 잘 보존되어 더 많은 사람들이 찾고, 많은 것을 배워가는 골목이 되었으면 한다.

– 김자원

고종 황제가 커피 마시던 시절

– 대구 근대사 이야기 ②

아픈 과거를 지니고 있는 조선식산은행
대구 근대 역사관

우리나라는 과거에 일본 식민지
가 되었던 기간이 있었다. 그때 일본은 식민지 수탈을 위하여 '동
양 척식 주식회사' 라는 회사를 설립하여 한국의 경제를 독점, 착
취하기 시작하였다. 그때 만들어진 '조선식산은행', 이곳 역시 한
국의 경제를 독점, 착취하기 위하여 만들어졌다고 한다. 일본은

깔끔한 육면체 모양이 인상적인 조선식산은행

이 두 회사를 통하여 농업과 상업이 거의 전부였던 조선의 산업을 지배했다.

하지만 지금은 이 '조선식산은행' 건물이 대구 근대기의 역사와 문화를 보여주는 역사 교육의 장인 유형문화재 49호 '대구 근대 역사관'으로 탈바꿈을 하였다. 아픈 과거를 지닌 건물을 좋은 의미를 가진 건물로 바꾼 곳이라 오랫동안 기억에 남을 것 같았다.

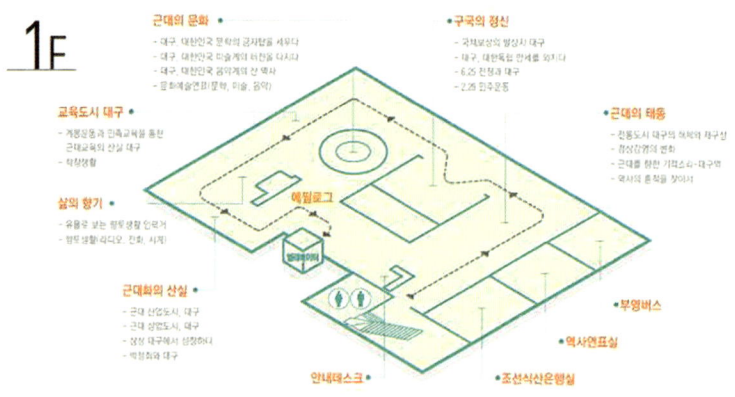

위의 사진은 '대구 근대 역사관'의 내부 모습이다. 지상 2층, 지하 1층 규모로 상설전시실, 기획전시실, 체험학습실, 문화강좌실, 도서실 등을 갖추고 있다. 관람료가 무료라서 더 많은 사람들이 쉽고 편안하게 우리 역사에 대해 알 수 있는 곳이다.

1층 상설전시실에는 근대의 태동, 구국의 정신, 근대의 문화, 교육도시 대구, 삶의 향기, 근대화의 산실 등 여섯 영역으로 구성되어 있다. 1층 전시실은 조그만 샹들리에와 조명들이 전시품을 은

은하게 비추고 있어 고풍스러운 느낌을 주었고, 또한 편안하게 관람할 수 있었다.

근대의 태동 영역은 대구역의 설치와 변천, 옛 대구 읍성을 헐어내고 걷어내는 과정에서 일제와 서구 문물에 의해 전통의 도시 대구가 바뀌기 시작하는 모습과 일제의 침략에 따른 경상감영의 모습을 보여주고 있다. 대구에서 오래 산 우리들은 대구가 바뀌기

화려한 듯하지만 분위기 있는 1층 상설 전시실

시작하는 모습을 가장 먼저 보았다.

구국의 정신 영역에서는 국채보상운동의 발상지이자 독립만세운동의 중심지 중 하나였던 대구와 6·25전쟁기 및 2·28민주화운동이 일어났던 시기에 중요한 역할을 수행한 대구의 정신과 위상을 나타내고 있다.

근대의 문화 영역은 우리나라 문화 예술의 기초가 된 근대 대구의 문화 예술 분야를 보여준다. 저항 시인 이상화와 소설가 현진

건을 비롯한 서정과 현실주의에서 저항 문학에 이르기까지 다양한 작품 활동이 이루어졌던 문학 분야, 서양화를 도입하고 발전시킨 초창기 대구 서양화가들과 향토색 짙은 작품을 추구한 이인성에 대한 내용을 다룬 미술 분야, 그리고 교회를 통해 도입된 서양음악과 전통 음악을 다룬 음악 분야로 나누어 전시하고 있다. 중학교 때부터 교과서를 통해 배워온 시인 이상화, 소설가 현진건, 화가 이인성의 작품은 모두가 알고 있을 것이라고 생각한다. 개인적으로 소설가 현진건의 〈운수 좋은 날〉을 재미있게 읽었었는데 고단함과 불안감을 상징하는 소재로 사용된 인력거가 인상에 남았다.

교육도시 영역에서는 서구식 교육의 도입과 수용, 대구에 처음 들어섰던 사립학교를 시작으로 이루어진 근대 교육과 함께 교육기관을 통한 계몽 운동과 민족 교육을 바탕으로 대구가 교육 도시의 명성을 얻게 된 출발점을 보여주고 있다. 이를 위해 당시의 학생들의 생활용품과 졸업장, 일기장, 시험지 및 각종 교재와 그에 삽입된 여러 가지 이미지들을 활용하여 전시하고 있다. 과거 학생들의 일기장에는 과연 무슨 글이 적혀 있을까 라는 호기심이 생겨 열심히 읽어보았다. 또한 삶의 향기 영역에서도 옛 사람들이 사용하던 여러 가지 물건을 통해 근대 대구 사람들의 삶을 느껴볼 수 있도록 하였다.

근대화의 산실 영역에서는 조선 시대부터 자리 잡아온 우리 학교와 가까운 서문시장과 약령시를 시작으로 한 상업도시 대구의 모습과 산업화 시기의 대구의 상징이었던 대구 능금, 대구 섬유에 대한 내용도 전시하고 있다. 그리고 대구를 기반으로 성장한 삼성 그룹에 관한 이야기와 대구와 인연이 깊었던 박정희 전 대통령에 대한 이야기도 있다.

밑의 글은 근대화의 산실 영역에 있는 삼성그룹에 관한 이야기 이다.

삼성, 대구에서 시작하다.

1938년 3월 1일 이병철은(1910~1987)은 대구 서문시장 근처의 수동 (지금의 인교동 61-1)에 삼성 상회를 설립하였다. 삼성 상회는 자본금 3만 원으로 대구의 사과, 포항의 건어물 등을 만주와 중국으로 수출 하였다. 이병철은 개업 1년 만에 일본인의 조선 양조를 인수하는 등 대구 굴지의 사업가로 성장하였다. 사업은 순조롭게 성장하여 1941 년 6월 3일 삼성 상회를 주식회사 삼성 상회로 등록, 근대적인 기업 의 형태로 발전하였다. 1947년 5월 대구의 사업체는 간부 직원들에 게 일임하고 상경하여 이듬해 삼성 물산을 설립하여 무역업에 나섰 다. 그러나 6 · 25 전쟁 때, 북한 인민군에게 재산을 몰수당하고 대 구로 내려왔다. 다행히 조선 양조의 수입금 3억 원으로 부산에서 삼 성 물산을 다시 설립하였으며, 1954년 9월 15일 대구에서 제일 모직 공업 주식회사를 창립하여 삼성 그룹의 모태를 마련하였다.

이 글을 통해 대구의 대표 회사라고 할 수 있는 삼성의 과거에 대하여 자세하게 알게 되었다. 어느 회사나 여러 가지 시행착오를 거치며 설립되는데, 지금 우리나라 최고의 기업이라고 할 수 있는 삼성 역시 이러한 과정을 거쳐 설립된 것을 보니 다른 기업과 크게 다르지 않다는 생각이 들었다.

대구 근대 역사관에는 이렇게 많은 읽을거리도 있지만 관람객의 이해를 돕기 위해 다양한 영상물도 활용하고 있다. 부영 버스를 탑승하고 사투리를 사용하는 버스 안내양의 설명을 들으며 영상으로 재현된 대구의 옛 모습을 체험할 수 있으며, 근대 엽서에 나타난 거리와 오늘날의 거리 모습을 비교해 볼 수 있는 디지털 사진 앨범도 마련되어 있다. 이 영상물과 디지털 사진 앨범은 재미도 더해 주어서 관람할 때의 지루함을 없애주었다.

2층에는 정보 검색대와 퍼즐 맞추기, 근대 시기 입체경을 볼 수 있는 체험 학습실과 30석 규모의 문화 강좌실, 400여 권의 역사, 학습 장서를 갖춘 도서 자료실 및 여러 가지 다른 주제로 시민의 관심을 유도할 다양한 전시를 개최할 수 있는 기획 전시실도 갖추고 있다. 또, 화폐를 판화할 수 있는 즐길 거리가 마련되어 있다. 판화를 하면서 화폐도 구경할 수 있어서 좋았다.

일제 강점기라는 아프고도 슬픈 역사를 가지고 있던 '조선식산은행'에서 역사 교육의 장으로 다시 태어난 '대구 근대 역사관'. 한국 사람으로서 우리나라의 역사에 대해 잘 알아야 한다는 생각이 든다면 이곳에 한번 가보는 것을 권하고 싶다.

– 김지현

세계 최고의 기업인 삼성그룹의 모태가 된
삼성상회 옛터

달성공원 네거리 중구 인교동에 위치한 삼성상회 옛터. 건립 당시 백두산 목재를 사용했다고 해서 주목을 받기도 했던 이 건물은 이병철 회장이 거상이 되겠다며 사업을 본격적으로 펼친 근거지이다. 자본금 3만 원으로 삼성상회를 차린 이병철 회장은 이 건물에서 당시 대구에서 생산되는

사과 같은 청과물과 포항 등지에서 나오는 오징어 등 건어물을 수집해 중국으로 수출했다. 이것으로 돈을 모은 이병철 회장은 제분기와 제면기를 삼성상회 내에 설치, 별표국수를 만들었으며, 이 국수는 대구뿐만 아니라 안동, 봉화 등지의 도매상인들에게 인기가 높았다.

이병철회장이 삼성상회를 만들어서 별표국수를 판매했을 때부터 이순근이라는 전문경영인에게 믿고 맡겼다. '못미더운 사람은 아예 쓰지 않고, 쓰거든 믿고 맡긴다.' 는 경영방침은 이때부터 시작된 것이다.

회사 이름을 '삼성' 이라고 지은 이유에 대해 이병철 회장은 '삼' 자는 큰 것, 많은 것, 강한 것을 나타내며, '성' 은 높고, 밝고, 영원하고, 깨끗한 것을 뜻한다고 밝혔다.

삼성상회는 1997년 9월 철거되었다. 복개천 도로를 닦으면서

도로법과 소방법에 위반되어서 절반 훨씬 넘게 헐어야 할 처지가
되자 아예 목조로 지어진 건물 전체를 철거했다. 철거된 건물이
아직 남아 있었다면 삼성의 시작을 좀 더 생생하게 느낄 수 있었
을 텐데 이 부분에서 뭔가 아쉬운 마음이 들었다.

삼성상회는 공원들을 답사하던 날 함께 방문했었다. 다른 공원
들의 위치는 대강 알고 있었는데 삼성상회는 달성공원 근처에 있
다는 것만 알았지 확실한 위치는 알지 못했었다.

답사를 갔던 전날에 약도를 뽑아 담임선생님께 여쭤봤었는데
선생님께서도 잘 알지는 못하셨지만 그래도 대강의 위치를 알려
주셨다. 답사 날, 먼저 달성공원을 갔다 온 뒤, 정문으로 나와 도
로가 있는 곳까지 쭉 걸어간 뒤 약도에 표시된 대로 찾아가보았
다. 그런데 계속 걸어도 삼성상회가 보이지 않았다. 몇 분을 더 걷
다가 사전 조사할 때 봤던 사진 속 모습을 발견하고 너무 기쁜 마

현재 목재 기둥은 청동 기둥으로 바뀌어 보존되어 있다.

음에 우리 모두 신호등도 무시하고 건널 뻔했었다. 가는 길은 그다지 복잡하지 않았지만 좁은 도로가에 있어서 이곳에 대해 아는 사람이 아니라면 쉽게 지나칠 수도 있겠다는 생각이 들었다.

이곳에 가보기 전에는 예전 삼성상회 건물이 남아 있는 줄 알았는데 직접 가보니 '삼성상회 옛터'라는 이름에 맞게 터만 남아 있었고, 그곳에는 예전의 삼성상회 모습이 담긴 사진과 모형들로 가꾸어져 있었다.

삼성상회 건물이 해체되지 않고 복원이 되었었다면 지금 대한민국 대표 기업이 된 삼성의 시작을 좀 더 생생히 느낄 수 있었을 것 같다는 생각이 들어 아쉬웠다.

이곳 삼성상회 옛터에 가보면 삼성상회에 대한 다음과 같은 설명이 있다.

〈삼성상회의 가치〉

삼성상회 건물은 1934년에 상업용 목조 4층 건물로 지어졌다. 지하 1층, 지상 4층의 규모로 건물 전체 높이는 13m였다. 공장 전면 우측에는 모터실이 있는 공장이 있었고, 좌측에는 접견실과 온돌방, 그리고 사무실이 있었다. 후면에는 만들어진 밀가루와 국수를 쌓아 놓는 창고가 있었으며, 2층과 3층, 4층은 국수건조 공장으로 사용되었다.

건축적으로 한옥식의 재래 기법과 일본식의 목구조 기법이 혼합

옛날 삼성상회의 모습. 분주하게 움직이는 듯한 동상이 눈에 띈다.

되어 지어졌는데 목조 건축의 가장 합리적이고 경제적인 기술 수준을 잘 보여주었으며, 전체적으로 디자인의 높은 효율성을 보여주었다. 당시 서울에서 벽돌, 콘크리트에 의한 서양식 건축 기법이 활발히 사용되던 것과 비교할 때 삼성상회 건물은 식민지 조선 시대 지방의 자본주의 시장이 어떻게 건축적으로 표현되었는가를 보여주는 경제 사회상의 한 단면이기도 했다. 격심한 시대 변화 속에서도 기업의 모체로서, 건축적 자료 가치가 매우 높은 역사적 건물로서 60여 년간 건물 본래의 모습을 유지해 오다가 건물 노후화에 의한 붕괴 위험 진단에 따라 1997년 9월 해체되었다. 현재 이 기념터의 모습은 당시 삼성상회의 1층 모습을 조형적으로 부분 재현시켜 그 당시의 모습을 조금이나마 느끼게 하고자 하였다.

이렇게 삼성옛터에는 삼성의 과거에 대한 이야기가 많다. 하나하나 읽어보니 어릴 때 동화책을 읽고 있는 것처럼 재미있고 흥미로웠다.

지금은 대구에 남아 있는 삼성의 흔적이라고는 '삼성 라이온즈'와 대구 오페라하우스 밖에 없다. 몇 안 되는 삼성의 흔적인 삼성 라이온즈마저도 예전에 수원으로 이전하려고 했었다. 현재 삼성 라이온즈의 경기장인 대구 구장은 다른 지역의 야구 구장에 비해 규모도 작고 시설도 아주 열악하다. 관중석은 물론이고 선수들이 쓰는 라커룸도 벽 곳곳이 금가고 선수들이 이용하기 불편하다고 한다. 세계적으로 손꼽히는 기업인 삼성의 구단 경기장이라고는 믿을 수 없을 정도이다.

또 다른 삼성의 자취로는 삼성에서 대구 시민에게 무상으로 기증한 오페라하우스가 있다. 대구는 이 덕분에 대구 뮤지컬 페스티벌이라는 행사가 개최되고 있으며, 이곳은 시민들의 문화체험 공간으로 이용되고 있다. 그러나 삼성에서는 조그마한 비석에 삼성에서 제공했다고 적어놓았을 뿐 코오롱에서 무상으로 기증한 야당으로 불리는 '코오롱 야외음악당'처럼 야외음악당에 기업의 이름을 넣어 생색을 낸 것과 달리 생색조차 내지 않고 있는 삼성이다. 이것을 본 한 여성분은 '대구도 삼성을 버렸고 삼성도 대구를 버렸다고 생각된다. 아마 오페라하우스를 지어주고 대구와 삼성은 관계를 끊으려고 했을지도 모른다.' 라고 말했다. 대구와 삼성이 굵은 끈으로 단단하게 연결되어 있는 듯하지만 어쩌면 겉으로만 굵은 끈으로 보이고 속은 조금의 힘을 주면 끊어져버리는 낡은 끈이 아닐까 하는 생각이 든다.

－김지현

빌딩 숲 속 녹색 공간

관찰사 나으리 행차하신다 길을 비켜라~!

만경관 옆으로 난 골목을 따라
들어가 우측으로 꺾어 들어가면 대구 우체국 맞은편에 경상감영
공원이 있다. 이 공원 근처에 앞서 소개한 대구 근대 역사관도 있
다.

대구 근대 역사관 앞의 마당과 경상감영공원은 바로 이어진다.
앞서 소개한 삼성상회 옛터, 뒤에 소개할 달성공원에 이어 대구
근대 역사관까지 다녀오는 바람에 상당히 많이 지쳐서 경상감영
공원 입구에 있는 벤치에 앉아 잠깐의 휴식을 즐겼다. 마른 목을
축이며 공원을 쓱 둘러보았는데 정장을 입은 직장인들이 많이 보
였다. 그때는 점심 식사 전이었는데 그분들은 식사를 끝내고 잠시
쉬러 온 근처 회사 직장인이었다. 삼삼오오 모여서 쉬던 그분들처
럼 우리도 몇 분을 벤치에 앉아 이야기를 나누다가 공원을 돌기
위해 걸음을 떼었다.

경상감영공원의 터는 각 도의 관찰사가 거처하는 관청 8곳 중
하나인 경상감영이 있던 곳으로 그 터를 보전하기 위해 조성된 공

선화당의 모습. 앞에 핀 배롱나무 꽃과 어우러져 아주 아름답다.

원이다. 최초 상주에 위치하였으나, 선조 34년(1601년)에 대구로
이전하였다. 고종 33년(1896년) 지방 행정을 13도제로 개편하여 경
상북도의 중심지 역할을 이었다. 1910년부터 1965년까지는 이곳
에 경상북도 청사가 있었고, 도청이 옮겨간 후 1970년 공원으로
조성되었다. 대구의 중심에 위치하여 '중앙공원'이라 불리다가,
1997년 각종 편의 시설을 갖춘 후 '경상감영공원'으로 명칭이 바
뀌었다.

　공원 내부에는 옛날 경상감영의 흔적들이 여러 개 남아 있다.
그 중 하나로 선화당이 있다.

　선화당은 경상감영 관찰사가 집무를 보던 곳이다. 선조 34년
(1601년)에 세워졌다. 효종 11년(1670년), 영조 6년(1730년), 순조 6
년(1806년) 세 차례의 화재로 불탔으나 순조 7년(1807년)에 새로 지
었다. 이 건물은 현존하는 관아 건축이 별로 없는 우리나라에서

아주 귀한 가치를 지닌다. 현재 대구 유형 문화재 제1호로 지정되어 있다. 대청 상부의 우물 천정의 용 모양은 조선시대 궁궐에서만 볼 수 있는 문양인데, 관찰사가 이 용 모양을 사용했다는 것은 조선 후기의 신분제의 붕괴와 지방 행정의 문란을 알 수 있는 표시라고 할 수 있다.

선화당에는 화강석으로 된 선화당 측우대(보물 제842호)가 있었다. 높이 46cm, 넓이 37cm×37cm, 지름 16cm, 깊이 4.3cm의 구멍이 있다. 대석의 앞면과 뒷면의 한 가운데에 '측우대', 뒷면의 왼쪽에 '건륭경인오월조'라고 새겨져 있어서 영조 46년(1770년) 5월에 만든 것임을 알 수 있다. 측우대에는 한국전쟁 때의 총격으로 몇 군데 총탄 자리가 남아 있는데, 제작 연대가 확실하고 실록의 기록과도 일치하며, 소장 경위가 분명한 측우대로서 귀중한 자료로 평가되고 있다. 그런데 최근 중국의 일부 학자들이 건륭이란

병마절도사 이하는 이곳에서부터 말에서 내려 가야 한다는 표시인 하마비

연호를 보고 중국 것이라 주장하고 있는데, 이는 조선시대 우리가
중국의 연호를 함께 썼다는 사실을 모르는 중국 학자들의 오해에
서 비롯된 것이다.

1917년 조사 때에 경상감영 선화당 앞뜰에 측우기와 함께 있던
것이 그후 인천의 관측소로 옮겼는데, 지금의 측우기는 없어지고
대석만 남아 지금은 서울 보라매 공원에 있는 기상청 1층 전시장
유리 속에 전시되고 있다. 비록 받침대만 남아 있지만 그 측우대
의 자취를 느낄 수 있으면 좋을 텐데 조금 아쉬운 생각이 든다.

선화당 앞에는 붉은 배롱나무가 있다. 이 나무의 꽃이 만개하면
단아한 선화당의 모습과 어우러져 정말 아름다운 경치를 만들어
낸다. 이를 보는 사람 모두 자연스레 카메라 셔터를 누르게 할 법
한 멋진 풍경을 자아낸다.

선화당 뒤쪽에는 징청각이라는 건물이 있다. 징청각은 선화당

과 함께 건립된 것으로 1730년 두 차례의 화재를 입었으며, 지금
의 건물은 정조 13년(1789년)에 새로 지은 것이다. 앞면 8칸, 옆면
4칸으로 넓이가 무려 227제곱미터에 이른다. 지붕은 옆면에서 볼
때 여덟 팔(八) 모양인 팔작 지붕이다. 단아한 느낌을 주는 선화당
과 달리 높이 솟은 팔작 지붕 때문에 위엄이 서려 보인다. 현재 대
구 유형 문화재 제2호로 지정되어 있다.

　경상감영공원 안에는 조금 특이한 비석이 하나 있다. 바로 하마
비(下馬碑)이다. 한자 뜻을 풀자면 말에서 내리라는 뜻이다. 오랜만
에 이 비석을 다시 보니 예전에 이곳에 가족들과 함께 왔을 때 엄
마가 하마비의 뜻을 가르쳐주시던 기억이 났다. 하마비는 경상감
영의 정문인 관풍루 앞에 서 있던 것으로, 병마절도사 이하는 말
에서 내려 출입하라는 뜻의 표석이다. 병마절도사란 도의 병권을
맡은 책임자로 대개 종이품관인 관찰사가 겸임하였는데, 이런 병

예쁜 연못 위 누각에 있는 통일의 종

마절도사도 말에서 내려야 할 정도인 걸 보니 경상감영 관찰사라는 직책이 얼마나 높은 것이었는지 알 수 있다.

공원의 조그마한 연못 위에 아담한 누각이 하나 있는데, 그 곳에 '통일의 종'이 있다. 통일의 종은 조국 통일을 기원하는 뜻으로 만들어졌다. 우리가 이곳에 갔을 때는 날씨가 선선해지는 때라 연못 속에 있는 물이 나오는 곳이 비닐에 싸여져 있어 바닥이 훤히 보였다. 봄이나 여름에 갔으면 연못과 누각이 어우러진 아름다운 모습을 볼 수 있었을 텐데 그 점이 많이 아쉬웠다. 국채보상운동 기념공원 달구벌 대종이 만들어지기 전까지 이곳에서 제야의 종 타종식을 거행했었다. 종의 크기는 그리 크지 않다. 통일의 종이

'시민의 나무' 조각상

관찰사들의 선정을 기리기 위한 비석 27기

울리는 것을 들어본 적은 없지만, 종의 크기가 작아도 맑고 청아한 소리가 날 것만 같다.

공원 중앙 넓은 광장에 '시민의 나무'라는 조형물이 있다. 경상감영공원의 역사성과 대구의 뿌리를 상징하는 기둥 형태의 대구 시목인 전나무와 미래를 향해 날아가는 대구 시조 독수리를 조형화하고, 대구의 자긍심을 지닌 사랑과 화합의 시민상을 조각한 것이다. 예전에 가족이나 친구들과 왔을 때는 무엇을 조각한지도 잘 모르고 지나쳤었는데 조형물 하나하나 뜻이 있다는 것을 알게 되었다.

공원 한켠에는 관찰사와 대구 판관의 선정을 기리기 위해 후손들이 세운 총 27기의 선정비가 있다. 인조 15년(1637년), 관찰사 이경여를 위한 거사비를 시작으로 고종 35년(1898년) 관찰사 조한국을 위한 송덕비까지 모두 27개의 경상도 관찰사, 대구도호부사,

맷돌 모양 길 뒤로 보이는 장독대가 정겹다.

대구, 어디까지 가봤니?

대구 판관들의 선정비가 거사비, 청덕선정비, 영새불망비, 무휼승도비, 불망비, 송덕비, 선정애민비, 청덕비, 위국혜민비 등 다양한 이름으로 서 있다. 비석이 있는 곳은 약간 그늘이 져서 비석에 새겨진 글들을 보고 있으면 좀 더 차분하고 숙연해진다.

선정비가 있는 길은 맷돌 모양의 돌이 박혀 있어 소박하면서도 정감 있었다. 경상감영공원에는 이처럼 소박하면서도 아기자기한 조형물들이 많다. 장독대와 우물이 바로 그러한 예이다. 덩굴이 덮인 채 옹기종기 모여 있는 장독대, 나지막한 우물은 보는 것만으로도 마음을 훈훈하게 해주었다.

경상감영공원은 푸른 숲과 아름다운 꽃, 잘 정돈된 잔디광장, 무더위를 해소시켜주는 분수, 아늑한 산책로와 벤치 등이 마련되어 있어 시민들로부터 많은 사랑을 받고 있으며, 복잡한 도시 생활 속에서 쌓인 피로와 스트레스를 풀어주는 조용한 휴식공간으로서의 역할을 담당하고 있다. 나도 중학교를 다닐 때 맞은 편에 있는 대구 우체국에서 친구와 함께 봉사활동을 하고 나오는 길에 들러 이야기를 나누면서 쉰 적이 여러 번 있다. 주변이 온통 빌딩과 회색 건물로 둘러싸여 있지만 오히려 그 건물들과 대비되면서 정서적으로 더 안정감을 주는 공원인 것 같다. 이 공원은 어르신들이 많이 찾는 곳이기도 하다. 어르신들도 같은 이유로 경상감영공원을 방문하실 것 같다.

동성로 축제 기간이 되면 경상감영공원에서는 감영 정문 군사를 교대하는 수문병 교대 의식을 비롯해 시각을 알리는 경점 시보 의식이 있다. 죄인에게 곤장을 때리는 모습도 재현하고 죄인 후송을 하는 모습도 볼 수 있다.

　이렇듯 휴식과 재미있는 경험을 두루 제공하는 경상감영공원이 앞으로도 시민의 여가공간으로 오래도록 이어졌으면 한다.

- 김지원

대구, 어디까지 가봤니?

새해의 시작은 이곳에서

동성로를 지나 쭉 직진을 하다
보면 공평네거리가 나오는데 이곳을 지나 조금만 가면 시원스레
뻗은 도로 옆으로 커다란 공원이 보인다. 대구에서 열리는 각종
행사를 치르고 시민들의 휴식처를 제공하는 국채보상운동기념공
원(이하 국채보상공원)이다.

공원의 이름에서 알 수 있듯이 1907년에 '일본에 진 빚을 갚자'
며 벌인 국채보상운동을 기념하여 조성된 공원이다. 1998년 1월
부터 170억 원의 공사비를 들여 옛 대구여자고등학교와 대구광역
시 경찰서 자리에 4만3천㎡ 규모의 공원을 조성했다. 1999년 12
월 21일 준공식을 갖고 모든 시설을 개방하였다. 공원의 동쪽은
앞에서도 말했던 공평로, 북쪽은 국채보상로, 서쪽은 동덕로로 둘
러싸여 있다. 우리가 이곳에 갔던 날은 날씨가 서서히 쌀쌀해지던
무렵이라 공원을 둘러싼 길의 가로수들이 울긋불긋 옷을 갈아입
고 서 있었다.

공원에 들어서면 가장 먼저 보이는 것이 '달구벌 대종' 이다. 국

'국채보상운동기념공원' 이란 이름이 새겨진 돌.

매년 1월 1일 제야의 종 타종식을 하는 달구벌 대종

채보상공원의 조성을 계기로 시민의 대화합을 이루고 대구의 발전과 번영을 위해 만들어졌다. 대구 시민의 자긍심을 고취시키고 향토의 얼과 정서가 담긴 맑은 소리가 울려 만인의 기상을 일깨우고 평화와 번영을 염원하는 대구 시민들의 뜻을 온 누리에 알리고자 1999년에 만들어졌다. 무게가 무려 22.5톤이나 되고 바깥 지름은 2.3m이다.

달구벌 대종의 야경

매년 1월 1일 이곳에서 제야의 종 타종식을 거행한다. 종소리를 듣기 위해 기다리다가 새해 카운트다운이 끝남과 동시에 종을 치던 모습을 보던 기억이 있다. 내년 1월 1일에도 어김없이 이곳에서 제야의 종을 치게 될 것이다.

이 공원은 가장 최근에 조성된 공원으로 넓은 잔디광장과 그 주위로 천여 그루의 나무가 심어져 있으며, 특히 공원 주위 대왕참

국채보상공원의 오솔길. 벤치. 중앙도서관으로 가는 길.

나무 가로수가 아주 아름다운 자태를 뽐내고 있다. 벤치도 곳곳에
마련되어 있어서 휴식을 즐기기에 적당하다. 매일 4,000~5,000
명, 토·일요일에는 7,000명 이상의 관광객과 시민이 찾고 있다.

  국채보상공원에서는 여러 글짓기 대회를 자주 개최한다. 나도
초등학교 6학년 때 이곳에서 하는 글짓기 대회에 나간 적이 있었
다. 그때가 한창 더운 여름날이었던 걸로 기억하는데 분수와 농구
대가 있는 곳에서 뙤약볕을 가려가며 주제를 받고 벤치가 늘어서
있는 산책로에 친구들과 돗자리를 깔고 앉아 글을 썼었다. 공원
곳곳에 참가하는 학생들이 흩어져 각자 친구, 가족과 함께 앉아
간식을 나눠먹으며 글을 쓰던 모습이 생각난다. 산책로에 우거져
있는 나무 덕분에 그 더운 여름에도 더위를 잊고 글을 쓸 수 있었
던 것 같다.

  국채보상공원 안에 '국채보상운동 여성 기념비'가 있다. 이 기

념비는 특이하게 쌍가락지 모양이다. 국채보상운동은 주부에서 기생에 이르기까지 전국 방방곡곡에서 남성 못지않게 여성의 참여가 두드러졌다. 그 중 남일동 7부인회는 비녀, 반지는 물론이고, 집안 깊이 숨겨두었던 보석을 국채보상금으로 헌납하였다. 수많은 여성들의 참여를 이끌어 낸 기폭제가 된 셈이다. 또 훗날에 외환위기(IMF사태) 때 금모으기 운동의 전형이 되기도 하였다. 이 비석은 그때 당시 여성들이 국채보상금으로 냈던 쌍가락지의 모양을 따서 만든 것이다. 비석에는 국채보상금을 냈던 여성들의 이름과 낸 금액이 적혀 있다. 넉넉하지 못한 형편에 결혼 할 때 맞췄을 비녀, 쌍가락지가 장신구의 전부였을 것인데 나라를 위해 선뜻 내놓은 그녀들의 애국심에 감동하지 않을 수 없다.

앞서 서상돈 고택을 소개할 때도 국채보상운동에 대한 이야기를 했었는데, 이 운동에 대해 알아가면 알아갈수록 새삼 우리 민

공원 안에 있는 국채보상운동 여성기념비.
나라에 조금이라도 보탬이 되고자 했던 그녀들의 애국심을 알 수 있다.

족의 뛰어난 단결력에 대해 더 크게 느끼게 되었다.

국채보상공원 오솔길에는 여러 시인들의 시비가 많이 있다. 〈청포도〉, 〈광야〉로 유명한 이육사, 청록파 시인인 박목월·조지훈, 시조시인 이호우, 〈서시〉, 〈별 헤는 밤〉의 작가인 윤동주 시인의 시비들이 있다. 시비 하나하나를 읽으며 오솔길을 따라 걸으니 책으로 시를 읽을 때와는 또 다른 감동을 불러일으켰다.

시비와 더불어 조선시대의 학자인 이언적·김굉필·서거정·

공원 내에 있는 이육사의 〈청포도〉 시비.

이황, 〈단심가〉로 유명한 고려 말기 충신 정몽주, 앞에 소개된 조양회관과 대구 원화여자고등학교의 설립자인 서상일, 국채보상운동을 주도했던 서상돈, 저항시인 이상화의 명언비로 꾸민 명언순례의 길도 있다. 또, 국채보상운동을 이끌었던 두 인물, 김광제, 서상돈의 흉상도 있어 국채보상운동의 정신을 느낄 수 있게끔 한다.

국채보상공원에서는 매년 여름 '대구 호러 예술제'를 개최한다. 공연 비수기인 여름철 틈새시장과 '폭염의 도시=대구'라는 도시 이미지를 역발상으로 활용한 호러 테마의 차별화된 공연이다. 호러 분장과 호러 마술, 호러 락 페스티발, 호러 서바이벌 등 다양한 프로그램이 마련되어 있다. 부대 행사로 국채보상기념공원 일원에 만들어진 30개 부스에 페이스페인팅, 유령의 집, 호러 포토존, 호러마술 등 가족 단위로 즐길 수 있는 프로그램들도 있다. 아직

국채보상운동의 주역 김광제, 서상돈의 흉상

대구 호러 예술제에 가본 적이 없지만 다음에 기회가 되면 더위를 식히러 꼭 한 번 가보고 싶다.

어릴 때 살았던 집과 다니던 어린이집이 국채보상공원 가까이에 위치해 있어서 자주 갔었는데, 최근에는 거의 가보지 못했다. 근처에 약속이 있어 버스를 타고 지나갈 때 창문 밖으로만 볼 수

있었다. 고등학교에 오니 여유롭게 놀 시간도 부족하고 주말이라
해도 일주일치 피로가 쌓여 쉬는데 시간을 보내느라 주변에 있는
공원도 갈 기회가 없는 것 같다. 좀 더 여유가 주어진다면 이런 공
원 오솔길에 가족, 친구들과 함께 가서 돗자리를 깔고 음식을 나
눠먹으며 몸과 마음의 휴식을 얻고 싶다.

– 김지원

2011년 호러공연예술제 포스터.
'호러'가 주제인 만큼 포스터도 섬뜩하게 만들어졌다.

대구의 대표 공원 달성공원

대구 사람이라면 한번쯤은 가
본 추억이 있을 만한 달성공원. 할아버지, 할머니들의 휴식 공간
이기도 한 달성공원은 입장료가 무료라서 사람들이 자주 찾는 곳
이다. 달성공원은 삼한시대에 부족국가를 이루었던 달구벌의 성
터라고 하는데 고려 중엽 이후 달성 서씨가 대대로 살던 사유지였

계단이 많아서 더욱 높아 보이는 관풍루

으나, 조선 세종 때 서씨 문중에서 국가에 헌납하여 국가 소유로
귀속되었다. 1905년 공원으로 만들어졌으며, 1967년 5월 대구시
에서 새로운 종합공원 조성계획을 세워 현재의 대공원으로 만들
었다.

달성공원 내부에는 동물들뿐만 아니라 많은 볼거리가 있다. 첫
번째로 관풍루인데 관풍루는 1601년 옛날 경상감영의 정문으로
건립되었다. 대구에 감영이 설치되면서 선화당의 정남쪽에 포정
문을 세우고 그 위에 관풍루를 만들었다. 그후 1906년 대구 읍성
이 헐리면서 현재의 위치로 이전하였으며, 건물이 노후되어 1970
년 해체하였다가 1973년 복원하였다.

지금으로부터 150여 년 전, 이 땅에 '사람이 곧 하늘'이라는 인
내천 사상이 퍼지며 반상이 엄연히 구분된 조선 왕조에 변화의 바
람이 불기 시작했다. 새로운 질서를 꿈꾸는 민중들로부터 큰 호응

을 얻으며 농민과 평민들에게 널리 퍼진 것이다. 1824년 12월 18일, 경주 가정리에서 태어난 최제우는 출생 자체가 차별과 불평등이었다. 최제우는 아버지 최옥이 63세에 얻은 귀한 아들이었지만, 재취를 맞아 낳은 아들, 즉 서자였기 때문에 관직을 갖기 힘들었던 것이다. 어릴 적 이름은 최복술이었지만 그의 초기 삶은 이름처럼 복스럽지 못했다. 여섯 살 때 어머니가 세상을 떠나고, 열여덟 살 때 아버지마저 잃었기 때문이다. 이때부터 유랑 생활을 시작한 최제우는 총명한 머리에 다양한 경험이 쌓이면서 당시 조선 사회가 안고 있던 문제를 이해하고 해결 방안을 모색하게 되었다. 그렇게 전국의 유명한 산과 절을 찾아다니며 수도 생활을 한 최제우는 1859년 경주로 돌아와 자신의 이름을 "우매한 백성을 구제한다."는 뜻의 제우로 고치고 이듬해인 1860년, 수도 끝에 동학을 창시한다. 인간평등을 실천한 최제우의 사상은 지금도 후손들의 가슴속에 스며든다. 150여 년 전 이 땅에서 움튼 '동학'은 차별과 불평등 사회에 던진 휴머니즘 선언이자 오늘날에도 유효한 울림이다. 이렇듯 대단한 인물인 최제우의 동상이 많이 녹슬고 칠이 벗겨져 있어 마음 한 켠이 아릿했다.

〈나의 침실로 -이상화-〉

'가장 아름답고 오랜 것은 꿈속에서만 있어라'

마돈나, 지금은 밤도 모든 목거지에 다니노라. 피곤하여 돌아가려는도다.

'나의 침실로'의 일부가 새겨져 있는 이상화 시비

아, 너는 먼동이 트기 전으로 수밀도의 네 가슴에 이슬이 맺도록 달려오너라.

마돈나, 오려무나, 네 집에서 눈으로 유전하던 진주는 다 두고 몸만 오너라,
빨리 가자, 우리는 밝음이 오면 어딘지 모르게 숨는 별어라.

마돈나, 구석지고도 어둔 마음의 거리에서 나는 두려워 떨며 기다리노라.
아, 어느덧 첫 닭이 울고 뭇개가 짖도다. 나의 아씨여, 너도 듣느냐.

마돈나, 지난 밤이 새도록 내 손수 닦아둔 침실로 가자, 침실로!
낡은 달은 빠지려는데 내 귀가 듣는 발자국— 오, 너의 것이냐?

마돈나, 짧은 심지를 더우잡고 눈물도 없이 하소연하는 내 마음의 촉(燭)불
을 봐라.

양털 같은 바람결에도 질식(窒息)이 되어, 얄푸른 연기로 꺼지려는도다.

마돈나, 오너라. 가자 앞산 그리매가 도깨비처럼 발도 없이 이 곳 가까이 오도다.
아, 행여나 누가 볼는지---가슴이 뛰누나 나의 아씨여, 너를 부른다.

마돈나, 날이 새련다. 빨리 오려무나, 사원(寺院)의 쇠북이 우리를 비웃기 전에.
네 손에 내 목을 안아라. 우리도 이 밤과 같이 오랜 나라로 가고 말자.

마돈나, 뉘우침과 두려움의 외나무다리 건너 있는 내 침실, 열 이도 없으니!
아, 바람이 불도다. 그와 같이 가볍게 오려무나, 나의 아씨여, 네가 오느냐?

마돈나, 가엾어라, 나는 미치고 말았는가, 없는 소리를 내 귀가 들음은---

내 몸에 피란 피---가슴의 샘이 말라 버린 듯 마음과 몸이 타려는도다.

마돈나, 마돈나 언젠들 안 갈 수 있으랴, 갈 테면 가자. 끄을려 가지 말고!
너는 내 말을 믿는 '마리아' --- 내 침실이 부활(復活)의 동굴(洞窟)임을 네야 알련만……

마돈나, 밤이 주는 꿈, 우리가 얽는 꿈, 사람이 안고 궁그는 목숨의 꿈이 다르지 않으니.

아, 어린애 가슴처럼 세월 모르는 나의 침실로 가자, 아름답고 오랜 거기로.

　1920년대 감상적 낭만주의의 대표적인 시로, '침실'은 대체로 죽음의 세계를 의미한다고 볼 수 있다. 이 점은 당시 〈사의 예찬〉류의 시들과 별반 차이가 없는 것으로 보이지만, 이상화는 약간 다른 면모를 보이고 있다. 다른 죽음 예찬시들이 탈출구가 전혀 보이지 않는다면, 이상화는 '침실'을 단순한 죽음이 아니라 부활의 장소로 인식하고 있다. '내 침실이 부활의 동굴임을 네야 알련만'이라는 구절을 보면 이상화의 침실은 그저 죽음으로 끝나는 것이 아니라, 다시 살아나고, 더 나은 세상에서 살 수 있는 터전임을 알 수 있다.

　대구 곳곳에는 이상화 시인의 숨결이 닿아 있다.
　어린이 헌장비 - 1958년 5월 한국 최초의 어린이 헌장비가 달

어린이 헌장비

성공원에 있었으나 허물어져
1970년에 다시 세웠다.

공원 내 시계탑 – 달성공
원 내부의 시계탑으로 심플
한 디자인의 모습이 인상 깊
다.

서침 나무 – 300년 정도된
회화나무는 한때 달성 서씨
의 세거지였던 달성공원을
지키는 수문장이자 올곧은
선비의 인품을 상징하는 의
미로 명명되었다.

공원 내 시계탑

서침 나무

이렇게 많은 볼거리가 있는 달성공원에서 나는 초등학교 때 졸업사진을 찍고, 심심할 때면 가족들과 함께 달성공원에 가서 맛있는 것을 먹고 동물들을 구경했었다. 더운 여름에는 바람이 잘 통하지 않는 집보다는 맑은 공기를 마시며 운동하면 좋겠다 싶어서 달성공원에 찾아가 배드민턴을 하기도 했다. 이렇듯 나는 달성공원과 관련된 추억을 많이 가지고 있는데, 매일 반복되는 생활을 하고 있는 현대인들이 추억을 생각해 보면서 한번 달성공원에 가 보는 것도 좋을 것 같다.

- 김지현

홍의장군 곽재우!
그의 영혼이 담겨 있는 망우공원

공원 답사 마지막 행선지 망우 공원!

국채보상운동 기념공원을 다녀온 후, 중구청 건너편에서 508번 버스를 타고 9 정거장 떨어진 망우공원으로 향했다. 망우공원은 초등학교 현장학습 때 가본 후 다시 가본 적이 없어 왠지 멀게만 느껴졌었다. 생각보다 피곤해서 버스에서 잠이 들려고 하는데 이번 정류장은 망우공원이라는 안내 방송이 들렸다.

공원이 외곽에 위치해서 그랬는지, 날씨가 흐려서 그랬는지 다니는 사람이 거의 없었다. 해가 떨어져서 바람도 세게 불었고, 우리는 지칠 대로 지쳐서 어서 둘러보고 가자는 마음으로 발걸음을 서둘렀다. 그런데 우리가 소개하려던 건물과 동상이 눈에 띄지 않는 것이었다. 주변 분들께 여쭤보려고 해도 지나가는 사람이 없어서 그러지도 못하였다. 같은 곳을 몇 번이나 맴돌다 발견을 했는데, 망우공원의 건물·동상들이 전부 떨어져 위치해서 찾기가 어려웠던 것 같다. 날도 차고, 피곤하고, 사진도 찍기 힘들었지만 나

용맹한 모습의 곽재우 장군의 모습이 그대로 느껴지는 듯하다.

대구, 어디까지 가봤니?

름대로 열심히 둘러보고 온 망우공원! 지금부터 소개하겠다.

임진왜란 때 전국 최초로 의병을 일으키고 경상도 여러 곳에 신출귀몰하면서 왜적을 무찌른 의병장이자 경상도 방어사, 함경도 관찰사 등을 역임한 홍의장군(매번 전투 때 백마에 붉은 옷을 입고 싸워서 홍의장군이라고 불린다.) 곽재우의 공을 기리기 위해 조성한 망우공원. 공원의 이름은 그의 호인 망우당에서 따왔다고 한다. 공원 안에는 말을 타고 장검을 찬 곽재우의 동상이 서 있고, 동상 부근에 그의 유품을 보관하고 있는 망우당 기념관이 있다. 하얀 성벽 위로 보이는 누각은 영남 제일관인데, 조선 시대에 축조한 대구읍성의 남문으로 일제강점기에 철거된 것을 1980년 이곳에 옮겨 중건한 것이다. 뒤쪽 절벽 아래로는 금호강이 흘러 시원한 바람이 불며 상쾌한 기분을 느끼게 해준다.

홍의장군 곽재우 하면 떠오르는 것이 의병활동이다. 처음에는 의령을 고수하는 한편 이웃 고을인 현풍·창녕·영산·진주까지를 작전 지역으로 삼고 유사시에 대처하였다. 스스로 '천강홍의장군'이라 하여 적군과 아군의 장졸에게 위엄을 보이고, 단기로 적진에 돌진하거나 의병을 구사하여 위장 전술을 펴거나, 유인하여 매복병으로 급습을 가하는 유격전을 펴서 적을 섬멸하는 전법을 구사하였다. 수십 명으로 출발한 의병은 2,000명에 이르는 큰 병력으로 늘어났으며, 그 병력으로 많은 전공을 세웠다. 1592년 5월 하순 함안군을 완전 점령하고 왜병을 맞아 싸워 대승을 거둠으로써, 경상도를 보존하여 농민들로 하여금 평상시와 다름없이 경작할 수 있게 하였고, 왜군의 진로를 차단하여 그들이 계획한 호남

진출을 저지할 수 있었다.

또한 기강을 중심으로 군수물자와 병력을 운반하는 적선을 기습하여 적의 통로를 차단하는 데 성공하였으며, 현풍·창녕·영산에 주둔한 왜병을 공격하여 물리치고, 그해 10월에 있었던 김시민의 1차 진주성 전투에는 휘하의 의병을 보내어 승리로 이끄는 데 기여하기도 하였다. 정유재란 때는 밀양·영산·창녕·현풍 등 네 고을의 군사를 이끌고 화왕 산성을 고수하여 적의 접근을 막기도 하였다. 글씨·시문에도 능하였으며, 필체가 웅건하고 활달하였다. 용맹한 곽재우 장군을 실제로 만나게 된다면 나는 왜 항상 붉은 옷을 입고 싸우게 되었냐고 물어보고 싶다.

영남 제일관은 조선 시대에 축조되었으나 일제 강점기 시대에 일본이 대구 읍성의 출입을 마음대로 하기 위해서 허물어 버리도록 압력을 가하면서 없어졌다가 1980년에 지금의 위치인 망우공원 내에 중건했다. 앞에 포졸 옷을 입은 사람 모형이 서 있어서 뭔지도 모르고 지나가다가 깜짝 놀라기도 하였다.

대구읍성은 1950년에 처음 만들었을 때는 흙으로 만든 토성이었으나 임진왜란 때 허물어진 뒤 1736년에 돌로 다시 쌓아 석성으로 만들었다. 이 성에는 동서남북 4 정문이 있고 문에는 본주를 세웠는데, 동은 진동문, 서는 달서문, 북은 공북문이라 칭했고, 특히 남문에는 영남 제일관이라는 편액을 달았다. 그후 돌로 축조된 읍성은 수차례 개축을 통해 온전하게 보전되었으나 광무 10년과 11년 사이에 완전히 허물고 말았다. 1980년에 중건된 영남 제일관은 성루의 위치, 규모, 품격 면에서 원형과 크게 다르다는 평가를 받고 있다. 하지만 현재의 영남 제일관은 마치 작은 '숲 속의 성'처럼 자리 잡아 인근 주민들이 산책을 즐길 수 있는 휴식공간으로서도 효율성이 높아 시민들의 인기를 모으고 있다. 우리가 영남 제일관에 갔을 때도 사람들이 앞에서 배드민턴을 치고 있었다.

곽재우 동상 바로 근처에 팔각정이 있다. 바로 뒤로 금호강이 흐르는데 이 날은 날씨가 흐려서 쓸쓸한 분위기를 자아냈다. 금호강을 보기 위해 난간 근처에 가려고 했는데 강바람이 너무 세게 불어 멀리서만 지켜보았다.

팔각정이 있는 곳에서 내려와 조금 떨어진 곳에 있는 임란호국전시관에 갔다. 이곳은 임진왜란 당시 나라를 지키기 위해 애쓰신 곽재우 장군을 비롯한 여러 분들과 그때의 상황에 대해 전시한 곳

임란호국전시관

팔각정

이다. 연분홍색과 노란색으로 칠해진 벽이 이 전시관 전체를 따뜻
해보이게 해주었다.

　마지막으로 독립운동 기념탑이 있는 곳으로 향했다. 계단을 오
를 때부터 그 어마어마한 크기가 느껴졌다. 계단을 다 올라 탑을
끝까지 보기 위해 고개를 들었는데 그 모습을 다 보기 위해서는
고개를 완전히 젖혀야만 했다. 탑 앞에서 사진을 찍었는데, 탑의
전체 모습이 나오게 하려 하다 보니 정작 내 모습은 콩알만하게
나오게 되었다.

　망우공원 덕분에 곽재우 장군과 나라를 지키려하신 분들에 대

모양이 특이한 독립운동기념탑

해 자세하게 알 수 있는 기회가 된듯하다. 곽재우 장군에게 나는 왜 항상 붉은 옷을 입고 싸웠는지 묻고 싶다고 했다. 혹시 붉은색을 통해 자신의 의지가 이렇게 강렬하다는 것을 나타내려 했던 것이 아닐까 생각한다.

– 김지현

하늘과 가장 가까운 곳

대구 최고의 산, 팔공산!

대구 시민이 가장 사랑하고,
매년 전국 각지의 등산객들이 찾는 대구 최고의 산 팔공산! 팔공산은 대구광역시 중심부에서 북동쪽으로 약 20㎞ 떨어진 지점에 위치해 있다. 남쪽으로 내달리던 태백산맥이 낙동강·금호강과 만나는 곳에 솟아 행정구역상으로는 대구광역시 동구에 속하지만, 영천시·경산시·칠곡군·군위군 등 4개 시·군이 맞닿는 곳에 위치해 있다. 높이 1,193m이고 주봉인 비로봉(1960년대에 바뀐 옳은 명칭은 제왕봉)을 중심으로 동·서로 20㎞에 걸쳐 능선이 이어진다. 예로부터 부악·증익·공산·동수산 등 여러 이름으로 불렸으며, 남쪽에 문암천, 북쪽과 동쪽에 한천·남천·신녕천 등 여러 하천과 계곡이 발달하였다. 팔공산은 신라의 상징적인 존재로 국가 차원에서 숭배되어 온 영산으로 여겨졌다.

불교가 수용되면서부터는 자연히 신라 불교의 성지로서 자리매김 되었으며, 신라 하대에 이르러서는 왕실의 원찰지로서 원찰 조성과 원탑 조성 등 다양한 불교 문화를 꽃피우게 된다. 팔공산 기슭에는 대한불교조계종 제9교구 본사인 동화사를 비롯해 파계사 · 부인사 · 은해사 등의 유명한 사찰이 많이 있다. 불교가 탄압 받던 조선시대에도 이 사찰들은 왕실의 보호를 받았다.

팔공산은 신라시대 김유신 장군이 통일구상을 하면서 수행했던 곳이며, 고려를 세운 왕건이 견훤과 전투를 벌인 곳이기도 하다. 원래 산의 명칭은 공산이라고 불렸는데 신숭겸을 포함한 고려의 개국공신 8명을 기리기 위해 팔공산이라 불리게 되었다. 팔공산은 1980년 5월 도립공원으로 지정되었다.

보물 1563호로 지정된 동화사 대웅전

앞에서 말했듯이 팔공산에는 여러 사찰들이 있다. 그 중 가장 유명한 사찰은 동화사인데, 팔공산을 가면 동화사를 꼭 들를 정도로 사람들이 가장 많이 찾는 곳이다.

우리가 이 동화사에 갔던 날은 날씨가 너무나도 추웠다. 동화사 주차장에 도착해 함께 갔던 선생님의 차에서 내리자마자 바람이 세게 불어 더 춥게 느껴졌었다. 하지만 동화사로 이어지는 내리막

길을 걸으면서 대구 시내와는 다른 맑은 공기를 마실 수 있어서 기분은 상쾌했다. 동화사로 이어지는 길은 대구 올레길의 일부이다. 길 양 옆으로 서 있는 나무가 안쪽으로 기울어져 있어, 동화사로 '들어간다'는 느낌을 받았었다. 길의 중간부터는 돌담이 양 옆으로 서 있는데 담을 따라 작은 돌들로 세운 탑들이 나란히 서 있었다. 동화사를 오가는 사람들이 저마다 소원을 빌며 정성스레 쌓은 듯했다. 우리도 그 위에 작은 돌 하나씩을 올려놓고 왔다.

부처님 오신 날 사람들의 소원이 적힌 종이가 달린 연등이 빽빽이 달려 있다.

동화사 창건에 대해서는 두 가지 설이 있다. 동화사 사적비에 의하면, 신라 소지왕 15년(493년) 극달화상이 창건하여 '유가사'라 부르다 흥덕왕 7년(832년) 심지대사가 오동나무가 겨울에 상서롭게 꽃을 피웠다 하여 동화사(桐華寺)라 이름을 고쳤다고 한다. 또한 삼국유사에 의하면 진표율사로부터 영심대사에게 전해진 팔간자를 심지대사가 받은 뒤 팔공산에 와서 이를 던져 떨어진 곳에 절을 지으니 이곳이 바로 동화사 첨당 북쪽 우물이 있는 곳이었다는 이야기가 실려 있다. 이상의 두 가지 창건설 가운데 신라 흥덕왕 7년(832년) 심지대사가 중창한 시기를 사실상 창건으로 보는 게 일반적인 견해이다. 동화사는 창건 뒤 현재의 대가람으로 정비되기까지 여러 차례 중창과 개축이 이루어졌다.

동화사에 들어서면 가장 먼저 봉서루가 보인다. 봉서루 앞에는 돌로 만들어진 예쁜 식수대가 있는데, 이 날 날씨가 너무 추워서 식수대 가장 자리가 얼어 있었고 물이 흐르는 곳에는 고드름이 매달려 있었다. 옆에 물을 떠마실 수 있게 바가지가 여러 개 있었지만 마실 엄두는 나지 않았다.

얼어 있는 식수대를 구경하고 봉서루 앞에 도착했다. 봉서루 앞에는 '봉황알'로 불리는 3개의 돌이 있다. 이는 동화사 터가 풍수상 봉황이 알을 품은 모습의 지세이며, 신라 흥덕왕 7년(832년), 심지대사가 오동나무가 겨울에 상서롭게 꽃을 피웠다 하여 동화사

어린이 헌장비

라 불리었다는 설과 관련이 있다. 이 봉황알을 만지면 소원이 이뤄진다 해서 함께 간 선생님, 나와 지현이 모두 소원을 빌며 봉황알 3개를 모두 만졌다. 얼마나 많은 사람들이 만졌는지 3개의 돌 표면이 모두 매끈매끈 했었다.

봉서루의 계단을 올라가면 대웅전과 이어진다. 사진을 찍기 위해 대웅전 계단으로 이어지는 중앙의 돌길 위에 서서 대웅전을 바라보았는데, 저절로 엄숙하게 만드는 어떤 기운을 절로 느낄 수 있었다. 간간이 들리는 목탁 소리와 스님께서 비질을 하는 소리가 분위기를 더하였다. 모두 아무 말 없이 대웅전을 좀 더 바라보다 조용히 계단을 내려왔다.

동화사는 매년 부처님 오신 날, 전국 각지의 사람들로 붐빈다. 부처님 오신 날이 가까워지면 절 곳곳에 수많은 연등을 단다. 날이 조금 어두워지면 연등 속의 불을 켜는데, 하늘이 보이지 않을 만큼 빽빽이 달린 연등이 각자 다른 색을 내는 모습이 장관을 이룬다. 올해는 어린이들을 위해 뽀로로 같은 캐릭터나 아이들의 모습을 하고 있는 연등이 절 곳곳에 있어 눈길을 끌었다.

대웅전에서 내려와 '통일 대불 가는 길'이라는 표지판을 따라 갔다. 통일 대불 가는 길 입구부터 중간까지는 셀 수 없이 많은 색색의 연등으로 꾸며져 있었다. 햇빛이 밝게 비춰 연등 속에 불을 켠 것처럼 저마다 아름다운 색을 자랑하며 바람에 흔들리는 모습이 장관이었다. 연등길을 지나오니 동화사 입구와 비슷한 나무로 우거진 길이 나왔다. 이곳에 왔을 때는 바람이 너무 많이 불어 몸을 잔뜩 웅크리고 지나왔다. 좀 더 걸어가 통일 대전까지 지나고

통일 대전을 내려다보며 온화한 미소를 짓고 있는 통일 대불

드디어 통일 대불에 도착하였다.

통일 대불은 1992년 만들어졌다. 놀랍게도 통일 대불은 통 화강암으로 만들어졌는데, 이 통 화강암을 전라북도 황등면 황등리 석산에서 발견하고 동화사 여기까지 모셔오는 데만 1년여가 걸렸다고 한다. 통일 대불 맞은편에 '통일 대전'이 있는데 이곳엔 불상이 없다. 통일 대전 안을 보면 창을 열어놓아 맞은편에 위치한 통일 대불이 보이게 했다. 이곳의 불상이 통일 대불인 것이다.

가까이서 통일 대불을 보니 그 어마어마한 크기가 피부로 느껴졌다. 구름 한 점 없이 맑은 새파란 하늘과 하얀 통일 대불, 그 주위를 감싼 푸른 나무와 뒤로 보이는 산이 너무나도 아름다운 경치를 자아내었다. 통일 대불 앞에는 절을 할 수 있는 공간이 있는데, 이를 보며 내가 어릴 때 이곳에서 절을 하고 있는 모습을 찍은 사진이 생각났다. 그때 기억을 떠올리며 다시 절을 해볼까 생각도 했지만 온 몸으로 불어오는 칼바람에 바로 생각을 접었다.

　팔공산 남쪽 중턱에는 동화사의 말사(본사(本寺)의 관리를 받는 작은 절)인 부인사가 위치해 있다. 부인사는 고려 초조대장경을 보관했던 호국 사찰로서 매우 중요한 사찰이다. 초조대장경은 고려 현종 3년(1013년)에 거란의 침입을 물리치기 위하여 판각한 우리나라 최초의 목판 대장경이다. 총 1만여 권의 초조대장경은 처음 여왕사, 개국사에 봉안했다가 부인사에 봉안하게 되었다.

　초조대장경은 1232년 몽고족의 침입으로 불타 버린 뒤 현재까지 전래된 것이 거의 없다고 알려져 왔다. 그리하여 그 동안 초조대장경에 대한 본격적인 연구도 부실할 수밖에 없었다. 최근에 와서야 초조대장경은 국내에도 전래되어 성암고시박물관, 호림박물관, 호암미술관과 개인 등이 약 300여 권을 나누어 가지고 있음이 밝혀져 국립 대구 박물관에서 전시회를 가졌다.

　팔공산에는 전국 최초의 방짜유기 전문 박물관인 '방짜유기 박물관'이 있다. 방짜 유기란 유기의 종류 중 가장 질이 좋은 유기

로, 구리와 주석을 78:22로 합금해 거푸집에 부은 다음 불에 달구
어가며 두드려서 만든 그릇이다. 방짜유기도, 이를 소재로 한 박
물관이 팔공산에 있다는 것도 잘 몰랐는데 이번 박물관 방문으로
방짜유기에 대해 잘 알게 되었다.

가장 먼저 유기 문화실을 관람했다. 이곳에는 방짜유기의 재료,

방짜유기 박물관(왼쪽)과 박물관 안에 전시된 방짜유기 파는 가게 모습(오른쪽)

방짜유기를 만드는 과정, 방짜유기로 만들어진 악기들에 대해 전
시되어 있었다. 전시실 안의 조명, 전시 구조물들이 방짜유기 모
양으로 되어 있는 점이 흥미로웠다. 또, 관람하는 동안 계속 들려
오는 방짜유기 징 소리도 아주 좋았었다.

다음으로 찾은 곳은 유기장 이봉주 선생이 평생 제작하고 수집
한 방짜유기를 전시하는 기증실이었다. 이곳에는 다양한 방짜유
기들이 전시되어 있었다. 일반 가정에서도 쓸 수 있는 주전자, 그
릇, 밥상, 수저부터 임금님이 쓰는 수라상까지 각양각색의 방짜유

기가 아주 많았다. 두드려 만들었다고 믿기 힘들만큼 섬세한 방짜 유기들이 많았는데, 그 아름다움에 놀랐고, 하나 가지고 싶다는 생각도 들었었다.

마지막 전시실은 재현실이었다. 이곳은 과거 방짜유기 공방의 모습을 재현한 공간이다. 재현된 유기 공방 안에 사람 모형이 있었는데, 유기 공방 가까이 다가서니 모형들이 자동으로 움직이며 유기를 만드는 과정을 보여주었다. 방짜유기가 만들어지는 과정이 한눈에 들어왔지만 묵묵히 자신의 일을 하는 모형의 모습이 약간 무섭기도 했다.

원래 방짜유기에 대해 잘 모르고 있었는데, 이 날 방문을 통해 방짜유기의 우수성과 아름다움에 대해 알게 되었다. 앞으로도 이렇게 우리 전통 문화를 알리고 보존하는 방짜유기 박물관과 같은 곳이 많이 생겨났으면 좋겠다.

팔공산 하면 떠오르는 곳이 동화사 말고 한 곳 더 있는데, 바로 그 유명한 갓바위(보물 제431호)이다. 갓바위의 원래 명칭은 관봉 석조여래좌상인데, 이 불상의 머리 위에 얹어진 것이 갓을 닮아 갓바위라 이름 붙여졌다. 갓바위는 해발 850m에 위치하며, 높이는 약 6m이고, 머리의 갓은 1.8m이다. 갓바위, 관봉 석조여래좌상은 앞서 소개한 통일 대불이 온화한 미소를 짓고 있는 것과 달리 근엄한 표정을 하고 있다. 불상의 뒷면에 병풍처럼 둘러쳐진 암벽이 광배(부처의 몸에서 나오는 빛을 형상화한 것)의 역할을 하고 있으나, 뒷면의 바위하고는 떨어져 따로 존재하고 있다. 풍만하지만 경직된 얼굴, 형식화된 옷 주름, 평평한 신체는 8세기의 동적이고

이곳에서 기도를 드리면 정말 대학에 합격할 수 있을까 깐깐해 보이는 표정이 아무나 합격시켜 줄 것 같진 않다.

유연한 자세의 불상과는 구별되는 9세기 불상의 특징을 보여주고 있다.

팔공산 갓바위에 가면 많은 사람들이 기도를 드린다. 학업, 취업, 건강 등 저마다 다른 소원을 성취하기 위해 정성들여 기도를 한다. 갓바위는 경남, 울산, 부산 지역을 바라보고 있어 평소에 이 지역 사람들의 왕래가 가장 많다. 실제로 경남권 사람들은 갓바위로 버스 대절을 많이 하여 찾아온다.

앞서 말했듯이 이 불상 머리 부분에는 갓을 닮은 조각이 얹어져 있는데, 머리에 쓴 갓의 모양이 대학 학사모와 비슷하여 입시철 자녀의 합격을 기원하는 행렬이 해마다 북새통을 이룬다. 글을 쓰는 지금, 입시 준비로 바쁜 9월인데 다음달쯤 되면 갓바위에 많은 인파가 몰릴 것 같다. 부모님께 내가 3학년이 되서 수능 준비를 할 때 기도하러 가 주실 건지 여쭤어 봤더니 공부만 열심히 하면 다 합격할 수 있다고 하신다. 결국 안 가시겠다는 거다.

팔공산에는 사찰과 더불어 여러 문화 유적들이 많다. 은해사에 있는 거조암 영산전 · 군위 삼존석굴은 국보로 지정되었고, 관봉 석조여래좌상(갓바위), 은해사 백홍암 극락전, 수도사 노사나불괘 불탱 등은 보물로 지정되었다. 그 외에도 지방유형문화재, 문화재 자료, 사적으로 지정된 유적들이 많은데, 지금 소개하려는 가산산 성은 사적 제216호로 지정되었다.

칠곡에 위치한 가산산성은 임진왜란(1592년)과 병자호란(1636년) 을 겪은 후 잇따른 외침에 대비하기 위해서 세워진 성이다. 성은 내성 · 중성 · 외성을 각각 다른 시기에 쌓았고, 성 안에는 별장을 두어 항상 수호하게 했다. 하양, 신령, 의흥, 의성, 군위의 군영과 군량이 이 성에 속하며, 칠곡 도호부도 이 산성 안에 있었다. 가산 산성은 험한 자연 지세를 이용한 조선 후기의 축성기법을 잘 보여 주고 있는 대표적인 산성이다.

중학교 3학년 때 가을 소풍으로 이곳을 갔었다. 1시간 좀 넘게 등산을 해야 된다고 해서 모두들 편한 차림으로 갔었다. 나와 친 구들 모두 등산은 별로 좋아하지 않았지만 졸업하기 전 마지막 소 풍이라 기대를 하고 갔었다. 그런데 등산로 입구 주차장에 내리자 마자 모두 한 말이 '아 추워!' 였다. 등산하면 덥다고 나를 비롯한 대부분의 친구들이 옷을 얇게 입고 왔었는데 예상 밖으로 쌀쌀한 날씨에 팔로 몸을 감싸고 등산을 시작했다.

처음은 나지막한 포장길이라 친구들이랑 얘기도 하고 경치도 보며 걸어갔는데 어느 지점부터 점점 경사가 높아지고 발을 내딛 는 곳마다 커다란 바위들이었다. 경사도 가파른데다 큰 바위를 올 라가야 해서 다리를 크게 벌려 올라가야 했다. 그러다 보니 나중

에는 허벅지도 너무 아프고 바위를 밟아 올라가서 발바닥도 너무
아팠다. 등산을 자주 하는 사람들에게는 난이도 하의 코스였겠지
만 평소 운동 부족이었던 나에게는 에베레스트를 등정하는 듯한
고통을 안겨준 등산로였다. 덕분에 가산산성의 동문과 성의 일부
건물들 근처를 지나갔음에도 제대로 못보고 지나쳤었다.

진이 다 빠진 채로 나무 계단 난간을 잡고 겨우 겨우 올라와 정
상에 도착했다. 고생 끝에 낙이 온다고, 정상에서 본 팔공산의 풍
경은 정말 최고였다. 산에 가본 적이 별로 없었던 나는 그런 경치
를 본 적이 그때가 처음이었다. 그 날은 안개가 약간 끼어 있어 산
의 능선과 절벽이 신비롭게 보였었다. 정상에 앉아 점심을 먹으면
서도 계속 뒤를 돌아 경치를 감상했었다.

정상에서 친구들과 사진을 찍으며 놀다가 하산을 하게 됐는데
올라오면서 힘을 다 써 다리가 풀려 있었다. 풀린 다리로 걷기에
는 너무 힘이 들어 숲길을 지날 때 친구들과 함께 긴 나뭇가지를

가산산성 남문

찾아 그걸 지팡이 삼아 짚으며 내려왔었다. 처음에 지나왔던 나지막한 길이 멀리서 보이자 나뭇가지를 던지고 언제 다리가 아팠냐는 듯 마구 뛰어갔다. 조금 더 걸어가 주차장에 도착했을 때는 친구와 바닥에 주저앉아버렸다.

집에 도착하니 마지막에 뛴 후유증으로 한 걸음 내디딜 때마다 다리가 너무 아팠다. 그후 며칠 동안 다리가 아팠지만, 그곳에 가서 찍었던 사진들을 다시 보니 잘 다녀왔다는 생각이 들었다. 산에 간 경험이 별로 없었는데 아름다운 경치를 지니고, 역사적으로도 의미 있는 곳을 다녀와 기억에 남는 소풍이었다.

팔공산에는 여름철 피서객들이 찾는 계곡들이 많다. 폭포골, 파계사 계곡, 신무동 계곡, 바윗골, 수수골, 동산계곡, 수태골, 도장골 등의 계곡 말고도 정말 많은 계곡이 산 곳곳에 있다. 그 중에서 동산계곡과 수태골이 유명하다.

동산계곡은 부계면 남쪽 끝에 솟은 팔공산의 원시림과 4km에

가산산성 등산로의 단풍 모습(왼쪽)과 빠른 물살이 굽이쳐 흐르는 수태골 모습(오른쪽)

걸쳐 흐르는 맑은 물이 어우러진 계곡이다. 예로부터 '멱바우'로 불릴 만큼 수량이 풍부하고 크고 작은 20여 개의 폭포가 계곡을 따라 이어져 절경을 더한다. 제2석굴암과 대율리 사이에 동산리로 들어가는 우측길이 입구이다. 수태골은 여름에 대구 시민들이 더위를 식히러 가장 많이 찾는 계곡이다. 주차장에서 내려 5분~10분 정도만 올라가면 계곡이 있어 찾아가기에도 편하다.

팔공산 탐방코스는 팔공산 종주코스, 은해사 1코스, 갓바위 1코스, 갓바위 2코스, 치산계곡 1코스, 가산산성 1코스가 있는데 등산이 부담스럽다면 2시간 안팎의 올레길 코스를 걸어도 좋을 것 같다. 팔공산 올레길은 총 9개 코스인데, 이 중 동화사와 폭포골을 지나는 7코스와 수태골과 부인사를 지나는 8코스가 추천할 만하다. 두 코스는 팔공산의 대표적인 사찰 동화사와 부인사를 지나며 시원한 나무그늘과 계곡도 즐길 수 있다.

빼어난 자연경관과 유서 깊은 사찰, 여러 문화 유적을 품고 있는 팔공산! 언제 가도 한결같은 모습으로 방문객들의 근심 걱정을 치유해 주는 팔공산이 대구의 명산일 뿐만 아니라 전국에서 으뜸으로 꼽히는 산으로 자리매김 했으면 하는 바람이 있다.

– 김지원

용두골로 유명한 앞산!

앞산공원은 비슬산에서 뻗어 나온 앞산을 주봉으로 산성산, 대덕산 등 3개봉이 5백 13만 평에 걸쳐서 굴곡을 이룬 도시 자연공원이다. 옛 이름인 성불산에 걸맞게 은적사, 안일사, 임휴사, 법장사 등 전통사찰을 포함, 18개 사찰과 대덕산성, 삼층석탑, 왕굴, 석정 등 유적지가 있다.

용두토성의 입지는 대구에서 청도로 가는 길목으로서 좁고 긴 산간 계곡의 입구가 되는 곳으로 그 축조 방법이 달성과 유사하므로 원삼국이거나 삼국시대에 축조된 것이라 추측된다. 이 토성의 규모는 남북의 길이가 약 150m, 최대 폭 50m, 둘레가 약 400m로서 길게 뻗어 내리는 산기슭 하단에 돌기된 구릉을 정점으로 해서 그 둘레에 나원형으로 성벽을 쌓은 형식이다. 돌기된 구릉은 길게 신천과 평행하고 있으며, 특히 동편은 신천과 접하면서 높은 단애를 이루고 있어서 외부에서 접근하기 어려운 지세다. 성벽의 축조는 산맥의 위쪽과 하단쪽의 사면으로 이어지는 곳에 평지의 망루처럼 놓은 석벽을 쌓았으며, 사면은 자연지세가 급경사면이므로

앞산에서 내려다보는 대구의 모습

성내 도로를 겸한 토석혼합의 성벽을 쌓았다. 이 성의 내부에는 장기적인 생활을 할 수 있는 평지나 지천이 없는 것으로 보아 달성이나 검단토성처럼 취락을 보호하기 위한 자연 발생적인 것이 아니라 이 부근 일대에 살고 있던 집단들이 전시에만 일시적으로 사용하였을 가능성이 높다.

고산골

심신수련장과 파동 용두골에서 출발하는 2개 등산로가 있다. 사찰과 약수터가 각 5곳씩 있으며, 특히 모험시설과 체육시설이 잘 구비돼 있다. 법장사내 3층 석탑은 대구시 문화재자료 제5호로 지정돼 있다. 산성산 정상엔 하늘의 등대라 할 수 있는 항공무선표지소가 있으며, 맑은 날이면 대구시 전경은 물론 멀리 칠곡까지 시선이 뻗친다.

강당골

남구 봉덕3동 미리내 아파트 남쪽 도로에서 효명초등학교 정문을 지나 신천에 닿는 도로를 따라 흘러내리는 계곡을 당골이라 부르는데, 이 계곡의 상하류에 있는 누각과 별동의 건물의 명칭을 본따서 이 계곡을 강당골이라 하였다고 한다.

큰골

공원관리사무소에서 시작되는 큰골 등산로는 3곳으로, 산중턱에 군락을 이룬 참나무숲이 볼거리다. 큰골에는 낙동강 승전 기념

관이 있는데, 이곳엔 어릴 때도 몇 번 가보았고 최근에는 학교에서 통일 관련 교육을 받기 위해 찾았었다. 워낙 지루한 교육이어서 모두들 내내 졸다가 점심시간이 되어 기념관 근처에 있는 만수정, 천수정, 매점으로 흩어져 점심 식사를 했던 기억이 난다.

앞산 주차장에 내려 큰골을 따라 가던 중에 학교 영어선생님을 뵈었었다. 교회 분들과 함께 오신 거라고 말씀하셨는데 학교 밖에서, 그것도 산에서 뵈니 더욱 반가웠었다. 이런 우연한 만남이 산행의 재미 중 하나이지 않을까 하는 생각도 들었다.

팔공산에 다녀온 뒤 앞산에 갔는데 오후가 되었는데도 여전히 날씨가 추웠다. 케이블카를 타러 올라가는 내내 찬바람이 얼굴을 스쳐갔다. 낙동강 승전기념관을 지나 조금 더 걸어올라가 케이블카 타는 곳에 도착했다. 어릴 때 와본 뒤로 한 번도 못 왔었는데, 그래서인지 표를 사고 기다리는 내내 설레었다. 오랜만에 온 앞산 케이블카는 정겨운 분위기를 자아냈다. 벽 군데군데 벗겨진 페인

트칠과 촌스러운 글씨체로 적힌 '앞산 케이블카' 라는 표지판이 아주 정겨웠다.

　케이블카를 타고 올라가는 내내 신나서 사진을 많이 찍었다. 조금 더 올라가니 뒤편의 창문으로 대구 시내의 모습이 보였다. 올라갈수록 대구가 한 눈에 들어와 너무 신기했었다. 짧은 케이블카 운행이 끝나고 내려서 조금 걸어가니 앞산 전망대가 눈에 보였다. 난간 쪽에 다가서자 대구 시내가 발아래 펼쳐져 있었다. 바람이 너무 많이 불어 사진 찍기가 힘들었지만 이 신기한 모습을 담기 위해 계속 카메라 셔터를 눌러댔다. 시내의 모습이 장난감을 조립한 것 같았다. 우리 학교와 집을 찾아보고 싶었지만 너무 복잡해서 포기했다.

　난간을 자세히 보니 자물쇠가 여럿 걸려 있었다. 서울 남산 전망대에 연인들이 자물쇠를 걸어놓던데 그것을 따라한 듯 싶었다. 자물쇠를 걸지 말라는 표지판도 있었는데, 그것과는 조금 떨어진

곳에 소심하게 몇 개 걸려 있는 모습이 재미있었다.

전망대에서 실컷 구경을 하고 다시 케이블카를 타고 내려왔다. 찬
바람을 많이 맞아서 그런지 몸이 축축 늘어져 케이블카 안의 의자에
앉아서 내려왔다. 오랜만에 케이블카를 타서 정말 즐거웠었다.

안지랑골

3개 전통사찰외 돌탑과 왕굴 등 유적지가 많은 2개 등산로가 있
다. 이중 왕굴은 고려 태조 왕건이 팔공산전투에서 후백제 견훤에
게 패한 후 반야월을 거쳐 은적암과 안일사에서 머물다 종내엔 왕
굴에 몸을 숨겨 위기를 넘겼다는 전설이 있는 곳이다.

무당골

약수터 1곳과 앞산 정상으로 가는 등산로가 있으며, 계곡에는
옛부터 무속인들이 많이 찾는 곳이라고 한다.

매자골

매자골은 2개의 사찰과 3개의 약수터 대덕산까지 등산로가 2군
데 있고, 체육시설과 송현동 주민들의 아침 운동과 휴식 쉼터가
잘 만들어져 있다.

앞산에는 다른 지역에 있는 올레길과 같은 '자락길'이 있다. 여
러 골짜기를 지나는 길인데 우리는 이 자락길을 걸으며 매자골을
지나갔다. 처음 우리는 충혼탑 옆으로 난 자락길로 올라왔다. 자
락길 초입은 보도블록이 깔려 나지막했다. 조금 더 올라가자 여러

골짜기의 방향을 표시한 표지판이 나타났고, 우리는 드디어 산길에 들어서게 되었다. 처음 산길에 들어섰을 때만 해도 도로와 가까운 곳이라 자동차 소리를 비롯한 여러 소음이 들렸는데, 걸을수록 소음이 점점 줄어들고 우리가 걷는 발소리만 들리게 되었다.

자락길은 사람 1명이 지나갈 정도의 너비를 지닌 길이었다. 그래서 함께 간 선생님과 우리는 차례로 줄지어갔었다. 길 양 옆에는 나무들이 우거져 있었는데, 일정 거리의 나무마다 방향을 표시한 리본들이 묶여져 있었다. 이 길은 여러 골짜기를 둘러서 가는 길이라 나지막하며, 군데군데 길을 안내하는 표시도 되어 있고 길

도 험하지 않아서 아주 좋았었다. 동네 주민들이 시간 날 때 산책 삼아 걷기에 좋겠다는 생각이 들었다.

1시간 정도 걸어가다 보니 운동 시설이 있는 곳이 나타났다. 험

하지 않은 길이었지만 오래 걸어서 그런지 힘들어서 쉬었다 가기로 했다. 간식을 먹으면서 쉬다가 하산하기 위해 걸음을 떼었다.

어릴 때를 빼고는 학교를 다니느라 가보지 못했던 앞산에 가서 케이블카도 타고 전망대에 올라가 시내도 구경하고, 자락길을 걸으며 경치까지 구경하게 되어 너무 반가웠고, 또한 무척 즐거운 시간이었다. 이런 좋은 곳에 자주 오지 못한다는 것이 못내 아쉬울 따름이다. 시간이 된다면 가족들, 친구들과 함께 다른 자락길 코스도 걸으며 맑은 공기를 다시 한 번 마시고 싶다.

— 김지현